L' ALLEGRO & IL PENSEROSO

L'ALLEGRO
&
IL PENSEROSO

John Milton

欢乐颂
与
沉思颂

[英国]

约翰·弥尔顿
— 著 —

赵瑞蕻
— 译 —

译林出版社

约翰·弥尔顿
John Milton
（1608—1674）

赵瑞蕻

(1915—1999)

目录

欢乐颂

离开吧，可厌的忧郁 ——— 3

请你来吧，女神啊！文静而美丽 ——— 5

来吧，请以你的脚尖 ——— 7

然后，为了排遣伤悲 ——— 9

有时候，沿着榆树篱垣，在碧绿的丘陵 ——— 11

这时，农夫吹着口哨就在近旁 ——— 13

当我举目环视周围的风景 ——— 15

宫堡和雉堞高高地矗立 ——— 17

近处，在两株古老的橡树中间 ——— 19

有时候，山地小村里的居民 ——— 21

随后他们就去喝香味浓烈的栗色麦酒 ——— 23

有时候高竖塔楼的城镇吸引着我们 —— 25

为了永远抛开令人断肠的烦恼 —— 27

沉思颂

离开吧，虚妄骗人的欢狂 —— 31

你崇高的面容太明亮 —— 33

来吧，沉思的女尼，纯洁而虔诚 —— 35

不过，首先，最要紧的，是请你 —— 37

我看不到你，我只好独自 —— 39

我时常伫立在一片高丘上 —— 41

或者让我的午夜还点燃着的灯 —— 43

或者把他唤醒，请他讲完 —— 45

当太阳开始投射出 —— 47

让奇异的充满神秘的梦 —— 49

在那里一阵阵风琴声悠扬 —— 51

附录

《欢乐颂》 注释 —————— 53

《沉思颂》 注释 —————— 61

《欢乐颂》与《沉思颂》解说 —————— 68

简论《欢乐颂》与《沉思颂》 —————— 79

译后漫记 （赵瑞蕻） —————— 84

代跋 （杨苡） —————— 95

爸爸的欢乐与沉思（赵蘅） —————— 98

欢乐颂[1]

L'ALLEGRO.

HENCE, loathed Melancholy,
Of Cerberus and blackest midnight born,
In Stygian cave forlorn,
'Mongst horrid shapes, and shrieks, and sights unholy ;
Find out some uncouth cell,
    Where brooding Darkness spreads his jealous wings,
And the night raven sings :
    There, under ebon shades, and low-brow'd rocks,
As ragged as thy locks,
    In dark cimmerian desert ever dwell.

离开吧，可厌的忧郁 [2]，

你是刻耳柏洛斯 [3] 和最漆黑的午夜所生，

在斯提克斯河 [4] 上荒凉的岩洞，

环绕着可怕的形状，尖叫和丑恶的景物！

去寻觅某个阴沉沉的地窟吧，

　　那里笼罩着的黑夜展开它警觉的双翼，

深夜的乌鸦在鸣啼；

　　在乌檀色的树荫下，岩石低悬，

犹如你的头发那样凌乱，

　　就到幽暗的辛梅里安人 [5] 的荒原永远居住吧。

But come, thou goddess fair and free,
In heaven yclep'd Euphrosyne,
And, by men, heart-easing Mirth;
Whom lovely Venus, at a birth,
With two sister Graces more,
To ivy-crowned Bacchus bore:
Or whether (as some sages sing)
The frolic wind that breathes the spring,
Zephyr, with Aurora playing,
As he met her once a-Maying,
There, on beds of violets blue,
And fresh-blown roses wash'd in dew,
Fill'd her with thee, a daughter fair,
So buxom, blithe, and debonair.
Haste thee, nymph, and bring with thee
Jest, and youthful Jollity,
Quips, and cranks, and wanton wiles,
Nods, and becks, and wreathed smiles,
Such as hang on Hebe's cheek,
And love to live in dimple sleek;
Sport that wrinkled Care derides,
And Laughter holding both his sides.

请你来吧，女神啊！文静而美丽，

在天上你名叫欧佛洛绪涅[6]，

而人间却称你为舒畅的欢欣，

那是可爱的维纳斯[7]一胎所生，

跟那戴常春藤花冠的巴克斯[8]，

还有两个姐妹女神格雷斯[9]。

或者（正如某些贤者所歌吟）

嬉游的风激动了芳春——

杰弗[10]和奥罗拉[11]在一起玩耍，

当他有一次在五月节[12]遇见她，

于是就在蓝色的紫罗兰

和缀满露珠、初放的玫瑰花床上面，

使她怀了你，一个美丽的姑娘，

那么活泼、温柔而欢畅。

快来吧，山林水泽女神啊，请你带来

戏谑，和青春的欢快[13]，

妙语，幽默话，和寻开心的把戏，

点头，哈腰，和浮现在赫柏[14]

双颊上的微笑，和爱好

在柔和的酒窝里逗留的欢笑；

还有使人忘了忧虑的嬉闹，

以及双手捧腹的哈哈笑[15]。

Come, and trip it, as you go,
On the light fantastic toe;
And in thy right hand lead with thee
The mountain nymph, sweet Liberty;
And, if I give thee honour due,
Mirth, admit me of thy crew,
To live with her, and live with thee,
In unreproved pleasures free;
To hear the lark begin his flight,
And, singing, startle the dull night,
From his watch-tower in the skies,
Till the dappled dawn doth rise;

来吧，请以你的脚尖，

奇妙地舞蹈，轻灵地向前，

并且用你的右手

牵着山岳女神，那甜蜜的自由 [16]！

假如你愿接受我应有的敬意，

欢乐啊！请你允许我加入到你的行列里，

同她，同你在一起生活，

自由自在，共享不会引人责怪的快乐；

去谛听云雀开始翱翔鸣叫，

歌声惊破了呆滞的夜宵，

它在天空那高高的瞭望楼上悠鸣，

直到斑斓多彩的黎明飞升。

Then to come, in spite of sorrow,
And at my window bid good-morrow,
Through the sweet-brier or the vine,
Or the twisted eglantine :
While the cock, with lively din,
Scatters the rear of darkness thin,
And to the stack, or the barn-door,
Stoutly struts his dames before :
Oft listening how the hounds and horn
Cheerly rouse the slumbering morn,
From the side of some hoar hill,
Through the high wood echoing shrill ;

然后，为了排遣伤悲，
我走向我的窗扉，
透过野蔷薇，或者藤蔓，
或者金银花蔓，向晨光祝好[17]；
这时，公鸡欢快地高啼，
驱散了稀薄的黑夜残迹，
它来到草堆，或者谷仓门口，
趾高气扬地走在母鸡前头。
我时常听到猎狗和号角声，
怎样愉快地把安睡中的早晨唤醒，
从那白霜覆盖着的山旁，
掠过高大树林，尖叫声在回荡。

Some time walking, not unseen,
By hedgerow elms, on hillocks green,
Right against the eastern gate,
Where the great sun begins his state,
Robed in flames, and amber light,
The clouds in thousand liveries dight ;

有时候，沿着榆树篱垣，在碧绿的丘陵
散步，无需任何遮隐，
我正面朝着东方的大门，
看雄伟的朝阳开始庄严地上升，
披着火焰，琥珀的亮光，
使云层穿上了千重多彩的衣裳。

While the ploughman, near at hand,
Whistles o'er the furrow'd land,
And the milkmaid singeth blithe,
And the mower whets his scythe,
And every shepherd tells his tale,
Under the hawthorn in the dale.

这时，农夫吹着口哨就在近旁，
哨声响在已犁好了的田野上；
挤牛奶的姑娘快活地唱歌，
割草人正在把镰刀磨呀磨；
在山楂树下，那山谷里，
牧羊人在讲他们各自的故事[18]。

Straight mine eye hath caught new pleasures,
Whilst the landscape round it measures;
Russet lawns, and fallows grey,
Where the nibbling flocks do stray;
Mountains, on whose barren breast
The labouring clouds do often rest;
Meadows trim, with daisies pied,
Shallow brooks, and rivers wide;

当我举目环视周围的风景，

我的眼睛立即把新鲜的乐事收进：

在红褐的林中草地，已耕过的灰黄田地上，

细细地嚼着草的羊群在游荡；

在那荒瘠的山麓深处，

时常停留着孕满雨水的云雾；

牧场上装饰着五彩缤纷的雏菊花朵，

还有宽阔的河，清浅的小溪流过。

Towers and battlements it sees
Bosom'd high in tufted trees,
Where, perhaps, some beauty lies,
The cynosure of neighbouring eyes.

宫堡和雉堞高高地矗立 [19]，

深深藏在稠密的丛林里，

那里也许居住着美人，

那是邻近少年人凝望的北极星 [20]。

Hard by, a cottage chimney smokes
From betwixt two aged oaks,
Where Corydon and Thyrsis met,
Are at their savoury dinner set
Of herbs, and other country messes,
Which the neat-handed Phillis dresses ;
And then in haste her bower she leaves,
With Thestylis to bind the sheaves ;
Or, if the earlier season lead,
To the tann'd haycock in the mead.

近处，在两株古老的橡树中间，

有一座村屋的烟囱上冒着炊烟，

那里柯里敦和塞西斯 [21] 见面，

正在津津有味地一起用晚餐，

蔬菜，和其他乡间食品，

这些都是巧手的菲莉斯 [22] 所烹饪的；

然后，她赶快离开她的卧室，

去捆麦子，跟赛斯蒂里斯 [23] 一起，

或者，假如一年的季节还早，

她们就到牧场去堆干草。

Sometimes, with secure delight,
The upland hamlets will invite,
When the merry bells ring round,
And the jocund rebecks sound
To many a youth and many a maid
Dancing in the checker'd shade;
And young and old come forth to play
On a sunshine holyday,
Till the live-long daylight fail:

有时候，山地小村里的居民，
以无限的喜悦邀请人们；
当欢快的铃声一阵一阵地摇，
古风的三弦琴奏起快乐的乐调，
迎来多少年轻的男男女女，
在透过阳光的树荫下跳舞；
年轻的和年老的都出来做游戏，
在一个阳光灿烂的假日，
直到消磨了长长的白昼。

Then to the spicy nut-brown ale,
With stories told of many a feat,
How fairy Mab the junkets eat;
She was pinch'd, and pull'd, she said;
And he, by friar's lantern led,
Tells how the drudging goblin sweat
To earn his cream-bowl duly set,
When, in one night, ere glimpse of morn,
His shadowy flail hath thresh'd the corn,
That ten day-labourers could not end;
Then lies him down, the lubber fiend,
And, stretch'd out all the chimney's length,
Basks at the fire his hairy strength;
And, crop-full, out of doors he flings,
Ere the first cock his matin rings.
Thus done the tales, to bed they creep,
By whispering winds soon lull'd asleep.

随后他们就去喝香味浓烈的栗色麦酒，

一边讲着这个那个故事，

说玛布仙后 [24] 是怎样爱吃奶酪甜食；

一个女子说，她曾被仙女捏过，被拉住，

男人说，他曾被鬼火 [25] 吸引，迷了路；

又说那个做苦工的精灵 [26] 流汗干活，

怎样为了赚得一碗人家赏给他的奶酪，

他在夜里，赶在曙光闪现之前，

在阴影中，用连枷把麦子打完，

这抵得过十个白天劳动的人们；

然后就躺在地上，这粗笨的精灵 [27]，

伸开身子，就同壁炉一样长 [28]，

他取暖靠近炉火旁。

随后他吃饱了便往门外跑，

趁公鸡还未开始早晨叫 [29]。

故事讲完了，大家就上了床，

轻轻地吹着的风催人很快入了梦乡。

Tower'd cities please us then,
And the busy hum of men,
Where throngs of knights and barons bold,
In weeds of peace, high triumphs hold,
With store of ladies, whose bright eyes
Rain influence, and judge the prize
Of wit or arms, while both contend
To win her grace, whom all commend.
There let Hymen oft appear
In saffron robe, with taper clear,
And pomp, and feast, and revelry,
With mask and antique pageantry;
Such sights as youthful poets dream
On summer eves by haunted stream.
Then to the well-trod stage anon,
If Jonson's learned sock be on,
Or sweetest Shakspeare, Fancy's child,
Warble his native wood-notes wild.

有时候高竖塔楼的城镇吸引着我们[30]，

还有熙熙攘攘喧闹的人群；

那里，成群勇敢的骑士和贵族，

穿着升平的盛装，举行盛典比武；

许多贵妇闺秀，明眸四顾，

品评才智勇武，锦标谁属；

为了博得美人的青睐，

文武双方便展开了竞赛[31]。

那里，司婚之神[32]时常来到，

举着明亮的火炬，穿着橘黄色长袍；

还有庆典游行，宴会，作乐寻欢，

假面舞蹈，以及古典的戏剧表演；

这些景象就是年轻诗人所梦想，

在夏夜，坐在仙女出没的小溪旁。

有时候，就到技艺精湛的剧院，

假如琼森[33]的学识渊博的喜剧在上演；

或者最可爱的莎士比亚[34]，想象的天骄，

正在吟哦他的乡野自然的乐调。

And ever, against eating cares,
Lap me in soft Lydian airs,
Married to immortal verse,
Such as the meeting soul may pierce,
In notes, with many a winding bout
Of linked sweetness long drawn out,
With wanton heed and giddy cunning,
The melting voice through mazes running,
Untwisting all the chains that tie
The hidden soul of harmony ;
That Orpheus' self might heave his head,
From golden slumber on a bed
Of heap'd Elysian flowers, and hear
Such strains as would have won the ear
Of Pluto, to have quite set free
His half-regain'd Eurydice.
These delights if thou canst give,
Mirth with thee I mean to live.

为了永远抛开令人断肠的烦恼，

请让我投入柔美的吕底亚歌曲[35]的怀抱；

还要配上永垂不朽的诗文，

正如那些能触动灵魂的乐音，

回肠荡气，凝结着甜蜜，

那一声声曲调悠扬不已。

演奏要揪人心弦，又要技艺高明，

使销魂的语音似入迷宫；

把所有的链条扭开，

使埋藏着的和谐的灵魂飘来；

这也会使俄耳甫斯[36]自己从铺满

伊丽西乌姆花朵[37]的床上面，

从金色的睡梦中抬起头来倾听着

这样的乐音，它也会迷住普路托[38]的耳朵，

使他同意释放他上次

曾经放回半路的欧律狄刻[39]。

假如你能赐给我这些快事，

欢乐啊！我愿永远同你在一起[40]。

沉思颂[1]

IL PENSEROSO.

Hence, vain deluding joys,
The brood of folly, without father bred !
How little you bested,
    Or fill the fixed mind with all your toys !
Dwell in some idle brain,
    And fancies fond with gaudy shapes possess,
As thick and numberless
As the gay motes that people the sun-beams,
Or likest hovering dreams,
    The fickle pensioners of Morpheus' train.
But, hail ! thou goddess sage and holy,
Hail, divinest Melancholy !

离开吧，虚妄骗人的欢狂，

你有愚蠢的血统，生而无父[2]，

你究竟有多少用途，

　　把一切琐碎的东西塞满在坚定的心上！

你去居住在懒散的脑子中吧，

　　用光怪陆离的形状去占据愚妄的想象，

那么密集，无法估量，

犹如布满在阳光中轻快的灰尘细点；

或者更像那些飘飞的梦幻，

跟随着摩尔甫斯[3]的变化无常的侍从。

但是，欢迎！你聪慧的圣女，

欢迎啊，最神圣的忧郁！

Whose saintly visage is too bright
To hit the sense of human sight,
And, therefore, to our weaker view,
O'erlaid with black, staid Wisdom's hue ;
Black, but such as in esteem
Prince Memnon's sister might beseem,
Or that starr'd Ethiop queen that strove
To set her beauty's praise above
The sea-nymphs, and their powers offended :
Yet thou art higher far descended ;
Thee, bright-hair'd Vesta, long of yore
To solitary Saturn bore ;
His daughter she ; in Saturn's reign
Such mixture was not held a stain :
Oft in glimmering bowers and glades
He met her, and in secret shades
Of woody Ida's inmost grove,
Whilst yet there was no fear of Jove.

你崇高的面容太明亮，

以致不适宜于人类的目光，

因此你才蒙上黑色宁静的智慧的色彩，

好使我们柔弱的眼睛能张开。

这么黝黑，人们却认为

可以同门农王子[4]的妹妹媲美，

或者是变成了星宿的埃塞俄比亚女王[5]，

她自夸比海上的女神们还要漂亮，

因而她触犯了这些神明，

但是你有更高贵的出身：

你就是金头发的维丝塔[6]，

很久以前跟孤独的萨杜恩[7]所生下；

她也就是他的女儿，在萨杜恩统治[8]的时候，

这样的结合不认为是什么丑陋。

在微光闪烁的所在，林间空地，

他常和她幽会，在隐蔽的浓阴里，

那是在树木葱郁的艾达[9]山中深处，

那时候他还不必害怕约夫[10]。

Come, pensive nun, devout and pure,
Sober, steadfast, and demure,
All in a robe of darkest grain,
Flowing with majestic train,
And sable stole of cypress lawn,
Over thy decent shoulders drawn.
Come, but keep thy wonted state,
With even step, and musing gait,
And looks commercing with the skies,
Thy rapt soul sitting in thine eyes :
There, held in holy passion still,
Forget thyself to marble, till,
With a sad leaden downward cast,
Thou fix them on the earth as fast ;
And join with thee calm Peace and Quiet,
Spare Fast, that oft with gods doth diet,
And hears the Muses, in a ring,
Aye round about Jove's altar sing ;
And add to these retired Leisure,
That in trim gardens takes his pleasure.

来吧，沉思的女尼，纯洁而虔诚，

端庄、坚贞，而又娴静，

你全身穿着最黑的长袍子，

背后庄严的下襟飘拂在地。

一条深黑色薄薄透明的披巾，

围绕着你的双肩那么匀称。

来吧，但要保持你往常的肃穆，

步履平稳，迈着沉思的脚步；

你抬头凝望，与苍穹交流相通，

你眼睛里流露出专注的心境，

怀着神圣的热情，你静立在那里，

像大理石雕像一般，忘了自己，

直到以一种严肃、沉郁的眼光，

你低头注视大地，正如你仰望云天一样。

然后请你带来和平与安静 [11]，

还有节俭的斋戒 [12]，因他时常和神明

共享素餐，并且倾听缪斯们 [13]

永远围绕着约夫的祭坛歌吟，

除了这些，还请来隐蔽的悠闲 [14]，

他喜爱那些整洁的林园。

But first, and chiefest, with thee bring,
Him that yon soars on golden wing,
Guiding the fiery-wheeled throne,
The cherub Contemplation ;
And the mute Silence hist along,
'Less Philomel will deign a song,
In her sweetest saddest plight,
Smoothing the rugged brow of Night,
While Cynthia checks her dragon yoke,
Gently o'er the accustom'd oak :
Sweet bird, that shunn'st the noise of folly,
Most musical, most melancholy !
Thee, chantress, oft, the woods among,
I woo, to hear thy even-song ;

不过，首先，最要紧的，是请你

带他来；他展开金色的双翼

在远处飞翔，驾御宝座，装着冒火的轮子，

他就是小天使——沉思 15！

而沉默无言的寂静 16 悄悄地飘过，

除非夜莺 17 愿赏给我们一支清歌，

她以最甜蜜又最悲伤的心情，

舒展了夜 18 的紧蹙着的眉心。

那会儿月神 19 驾着双龙拉着的车，

慢慢地从我熟悉的橡树上经过。

可爱的鸟儿啊，逃开了愚蠢的喧嚣声。

你最富于乐感，也最忧郁！

你，女歌手啊！我时常到林中去

寻觅，去谛听你的夜曲。

And, missing thee, I walk unseen
On the dry smooth-shaven green,
To behold the wandering moon,
Riding near her highest noon,
Like one that had been led astray
Through the heaven's wide pathless way;
And oft, as if her head she bow'd,
Stooping through a fleecy cloud.

我看不到你，我只好独自

行走在干燥、修剪得平整的草地

去眺望那轮漫游着的月亮，

她奔驰在太空最高的地方，

仿佛一个迷途人，

失落于寥阔、茫茫无路的苍穹；

她时时又好像低头探寻，

穿过一片羊毛一样雪白的云层。

Oft on a plat of rising ground,
I hear the far-off curfew sound,
Over some wide water'd shore,
Swinging slow with sullen roar :
Or, if the air will not permit,
Some still removed place will fit,
Where glowing embers through the room
Teach light to counterfeit a gloom :
Far from all resort or mirth,
Save the cricket on the hearth,
Or the bellman's drowsy charm,
To bless the doors from nightly harm.

我时常伫立在一片高丘上，

听见远迢迢传来晚钟[20]的声响，

越过广阔河水的两岸[21]，

那钟声荡漾迂回，又那么沉郁缓慢。

或者，假如天气不佳，

更适宜于找个僻静的地点住下，

炉中余火还有点微光，

它给屋子营造一片朦胧的幻想，

远远离开了所有欢愉的地方，

只有炉边的蟋蟀在低唱，

或者那更夫[22]的呼喊声使人困倦，

而消灾驱邪，使家家户户确保夜间平安。

Or let my lamp, at midnight hour,
Be seen in some high lonely tower,
Where I may oft outwatch the Bear,
With thrice great Hermes, or unsphere
The spirit of Plato, to unfold
What worlds, or what vast regions hold
The immortal mind that hath forsook
Her mansion in this fleshly nook:
And of those demons that are found
In fire, air, flood, or underground,
Whose power hath a true consent,
With planet or with element.
Sometimes let gorgeous Tragedy,
In sceptred pall, come sweeping by,
Presenting Thebes' or Pelops' line,
Or the tale of Troy divine;
Or what (though rare) of later age
Ennobled hath the buskin'd stage.
    But, O, sad virgin, that thy power
Might raise Musæus from his bower!
Or bid the soul of Orpheus sing
Such notes as, warbled to the string,
Drew iron tears down Pluto's cheek,
And made hell grant what love did seek:

或者让我的午夜还点燃着的灯

在某座孤寂的塔楼上闪明，

在那里我时常可以守望大熊星座沉落[23]，

研读伟大的赫耳墨斯[24]的著作；

或者从冥界召唤柏拉图[25]，

请他阐明什么世界、什么辽阔的领域，

能容纳那永生不死的精神，

已离开了肉体躯壳的灵魂；

还有那些在火、气、水和地里

潜藏着的什么精灵，它们的威力

可同四种元素，或天上的星辰

保持一致，真实相通[26]。

有时候，辉煌的悲剧，

身着壮丽的皇袍在我眼前闪出，

扮演底比斯[27]或佩洛普斯[28]的家史，

或者神圣的特洛伊的故事[29]；

或者看近代的悲剧（虽说很少）[30]

也曾生辉，搬上了舞台。

然而，悲伤的贞女啊！你的能力

也许会把穆沙斯[31]从他的住处唤起！

或者祈求俄耳甫斯的幽灵歌唱，

这样动人的歌曲，随琴弦而回荡，

使普路托的脸上流下威严的泪水，

而叫地狱答应俄耳甫斯去把爱情追回[32]；

Or call up him that left half told
The story of Cambuscan bold,
Of Camball, and of Algarsife,
And who had Canace to wife,
That own'd the virtuous ring and glass ;
And of the wondrous horse of brass,
On which the Tartar king did ride :
And if aught else great bards beside
In sage and solemn tunes have sung,
Of turneys, and of trophies hung,
Of forests, and enchantments drear,
Where more is meant than meets the ear.
    Thus, Night, oft see me in thy pale career,
Till civil-suited Morn appear,
Nor tricked and frounced as she was wont
With the Attic boy to hunt,
But kercheft in a comely cloud,
While rocking winds are piping loud,
Or usher'd with a shower still,
When the gust hath blown his fill,
Ending on the rustling leaves,
With minute drops from off the eaves,

或者把他 [33] 唤醒，请他讲完

英勇的康布斯干的故事的后半，

还有康巴尔，以及阿尔加西夫，

是谁娶了加纳斯做媳妇，

那个人有一面宝镜和一个神异的戒指；

还讲到那匹珍奇的青铜的坐骑，

鞑靼王曾骑着这马飞驰 [34]。

此外还有其他伟大的诗人 [35] 你该唤起，

他们以精明而庄严的诗篇歌吟

比武，那些挂在林梢的战利品，

抒唱丛林，和邪恶的巫术魔力，

其中寄托着耳朵听不到的意义。

　　因此，夜啊！在你灰暗的行程中，

请时常望着我，直到淡妆素服的黎明降临，

她像平时一样，不卷发，也不打扮修饰，

就去打猎，随着那个阿狄加的男孩子 [36]；

一片云雾面纱似的飘过她头上，

当摇荡的风正在呼呼地吹响，

或者引来了一阵静静的细雨，

当猛烈的风已刮得心满意足；

末了，树叶沙沙地响着，

屋檐上的雨水一滴一滴地飘落。

And, when the sun begins to fling
His flaring beams, me, goddess, bring
To arched walks of twilight groves,
And shadows brown, that Sylvan loves,
Of pine, or monumental oak,
Where the rude axe, with heaved stroke,
Was never heard the nymphs to daunt,
Or fright them from their hallow'd haunt.
There, in close covert, by some brook,
Where no profaner eye may look,
Hide me from day's garish eye,
While the bee, with honied thigh,
That at her flowery work doth sing,
And the waters murmuring,
With such consort as they keep,
Entice the dewy-feather'd sleep;

当太阳开始投射出

闪耀的光芒，女神啊！请带我去，

到薄暮时分那些树木搭成拱形的幽径，

西尔凡[37] 所爱恋的幽暗的阴影中，

在苍松或参天挺拔的橡树的浓阴里，

那里听不见一下一下斧头砍树的声息，

不会使山林仙女受惊恐惧，

或者使她们离开那圣洁的居处。

请把我藏在隐蔽地点，靠近小溪，

那里不会有世俗的目光来探视；

避开了白昼强光的眼睛，

当蜜蜂的双腿携带着花粉，

在花木丛中忙忙碌碌，又欢唱，

小溪中的水潺潺地流淌。

这一切所创造的和谐情景

会诱来长着凝露轻翅的睡神。

And let some strange mysterious dream
Wave at his wings in airy stream
Of lively portraiture display'd,
Softly on my eyelids laid.
And, as I wake, sweet music breathe
Above, about, or underneath,
Sent by some spirit to mortals good,
Or the unseen genius of the wood.
    But let my due feet never fail
To walk the studious cloisters' pale,
And love the high-embower'd roof,
With antique pillars massy proof,
And storied windows richly dight,
Casting a dim religious light :

让奇异的充满神秘的梦

仿佛空灵的溪流在睡眠[38]的翅膀上波动；

一连串生动的画像流过，

轻轻地在我的眼帘上飘落。

当我苏醒，柔和的音乐

在上空、四周、地下回响交迭，

那是某些精灵，或者山林中

看不见的天神赐给众生的乐音。

　　但是定要让我坚定的脚步

朝着可以潜心研修的教堂的庭院回廊走去，

我爱那高高竖起的圆形屋顶，

还有那些坚实的石柱，刻着奇异的图形；

画满故事传说的门窗，

闪现出一种富于宗教氛围的幽光。

There let the pealing organ blow,
To the full-voiced quire below,
In service high and anthems clear,
As may with sweetness, through mine ear,
Dissolve me into ecstasies,
And bring all heaven before mine eyes.
  And may at last my weary age
Find out the peaceful hermitage,
The hairy gown and mossy cell,
Where I may sit and rightly spell
Of every star that heaven doth show,
And every herb that sips the dew ;
Till old experience do attain
To something like prophetic strain.
    These pleasures, Melancholy, give,
And I with thee will choose to live.

在那里一阵阵风琴声悠扬，

伴奏着下面合唱队引吭高唱。

庄严的乐调啊，嘹亮响彻的圣诗，

那么动听悦耳，透进我的耳朵里，

啊，我溶解了，溶入了极乐，

我眼前呈现着整个天国[39]。

　　但愿我衰老慵倦的晚年

能寻找到一座安宁的寺院，

穿上长袍，在长青苔的小室，

在那里我静坐着，明确地解释

天空中出现的每一座星宿，

啜饮雨露的每一株草木，

直到老年的经验

可以领悟一切，像预言的诗篇。

　　忧郁啊！假如你能给我这些欢乐，

我便愿意同你一起生活[40]。

附　录

《欢乐颂》注释

1. 欢乐颂：原文是 L'Allegro，曾被译为"快乐的人"。allegro 一词系意大利语，源自拉丁文 alacrem，法语作 allègre，均有欢乐、愉快、舒畅等义。原词系形容词，加以冠词，指人，所以英语译为"the cheerful man"（快乐的）。此词通常用于乐谱中。allegro 或 allegretto，即快板，有轻快活泼之意。今试取原诗全篇之含义，译为"欢乐颂"。

2. 忧郁：此词原出希腊文 melankholia（melas，黑色；khole，胆汁），即黑色的胆汁。根据古代希腊人和中世纪生理学的说法，melancholy 是人体的四种液体（humours）之一（其余三种是血、黏液和黄胆汁）。这四种液体是决定人的体质、精神和性格的元素。这里是拟人化，指忧郁的女神。

3. 刻耳柏洛斯：守卫地狱大门的是有三个头和一条蛇尾巴的狗。根据古希腊诗人赫希沃德（Hesiod）的说法，它是泰封（Typhon）和艾吉特纳（Echidna）的儿子，长着 50 个脑袋，叫声如青铜敲响。古希腊悲剧家欧里庇得斯在他的一部作品中曾提及这条"地狱的狗"［见《发疯的赫拉克勒斯》（*Hercules*

Furens)]。这里弥尔顿说"忧郁"是刻耳柏洛斯和黑夜所生，是他杜撰的。弥尔顿著作中的一些神话，正如他所描绘的某些风光景物一样，往往是为了适应他的创作意图而处理的，例如古希腊罗马神话中并无"忧郁"这一女神，弥尔顿便自己编造了。

4. 斯提克斯河：斯提克斯河是地狱中一条最主要的河流（地狱有四条河，一说有九条）。河上有个掌管渡船的老者凯隆（Charon）把阴魂送到地狱里面去。

5. 辛梅里安人：居住在海洋边上极西地带的人们，他们的领域常年为黑暗和雾气所笼罩。参见荷马史诗《奥德赛》第九卷第十四行。

6. 欧佛洛绪涅：希腊神话中的三姐妹——优美文雅的女神格雷斯（Grace）之一。其余两个姐妹一名阿格拉伊亚（Aglaia，意为"光明"），一名赛莱亚（Thalia，意为"青春"）。欧佛洛绪涅意为"欢欣"。这三位格雷斯都是主神宙斯（Zeus）的女儿。她们的母亲不知是谁，一说就是维纳斯。

7. 维纳斯：罗马神话中美和爱情的女神，相当于希腊神话中的阿弗洛蒂特（Aphrodite）。

8. 巴克斯：罗马的酒神和自然富饶之神，诗歌和音乐的鼓舞者，相当于希腊的狄奥尼索斯（Dionysus）。他是宙斯和女神瑟米尔（Semele）的儿子。传说希腊的悲剧和喜剧都起源于对酒神的崇拜与祭祀。

9. 格雷斯：参见注6。

10. 杰弗：希腊神话中西风（拉丁文作 Zephyrus）的化身。这里指初夏清晨和煦的轻风。

11. 奥罗拉：罗马的黎明女神，相当于希腊的厄俄斯 (Eos)。西方诗人时常描写她在日出之前，坐在一辆玫瑰色的车上在东方出现，把露水洒在大地上，使花卉开放。弥尔顿在这里所引用的（即根据某些歌者的说法）大概是他自己的创造。

12. 五月节：英国民间习俗，在五月的第一天，男女青年在凌晨时一起到野外去采集小山楂花，回来装饰他们的房子。可参考弥尔顿《五月清晨之歌》一诗。古代罗马人也有同样的节庆，称为"弗洛拉丽亚"(Floralia)。

13. 这里"戏谑"和"青春的欢快"指代 16、17 世纪英国流行的节庆假面游行中寓言式的"戏剧人物"(dramatis personae)。他们穿着火红的衣裳，头戴圆锥形的帽子，披着围巾，舞着手帕。

14. 赫柏：天神们的捧杯者，也是青春的化身（见荷马史诗《伊利亚特》第四章）。

15. 哈哈笑：参见注 13。这个人物身披各种颜色的长袍，胸前、背后都装有假面具。他一路走来，边摇摆边大笑。

16. 山岳女神，那甜蜜的自由：弥尔顿是 17 世纪英国最卓越的诗人和政治家，人文主义思想的捍卫者，反封建专制和腐朽宗教统治的伟大战士，他在这里写下这些诗句是非常有意义的，表达了他早期的思想倾向——宣扬自由、平等和民主。弥尔顿以及其他一些诗人都认为在山岳连绵的国家或地区（如希腊、瑞士、威尔士等）更能保持自由的精神，因为那里的人民比较容易保卫自己，击退敌人的侵略。热爱自由是弥尔顿思想和艺术上的一个主题，这在他写于 1644 年的《论出版自由》

（*Areopagitica*）中得到最充分的表达。

17. 然后，为了排遣伤悲……向晨光祝好：这里几行的解说是有分歧的。一说主语是"我"（诗人自己）。诗人在清晨被云雀阵阵的悠鸣从睡梦中唤醒，下床走到窗前，"透过野蔷薇，或者藤蔓，或者金银花蔓"，向朝阳致意问好，或者向云雀道声"你好"。一说应该是诗人听到云雀歌唱着，飞到他的窗前，向他说早晨好。这两种诠释均可，但只有细读原文，分析语法和语句结构后才能确定。译者则取前一种解说。至于"为了排遣伤悲"（in spite of sorrow）一句，无论对诗人、"欢乐的人"，或者对云雀来说，似均欠妥。这可能暗示诗人一夜未安睡，不大舒服，早晨起身开窗，呼吸新鲜空气，向阳光祝好。

18. 牧羊人在讲他们各自的故事：这一行的解说也是有分歧的。一说牧羊人在原野、山坡上，在茂盛的山楂树下，有的站着，有的坐在草地上，还有的吹着笛子。每个人轮流讲故事，或描述各自所见所闻的奇异的事情，或爱情遭遇等，当作消遣的乐事。这是当时乡野田园生活的情景。一说这里原文"every shepherd tells his tale"，应指每个牧羊人在数他的羊群，看看有没有走失。"to tell"等于"to count"（数，点一点，计算）；"tale"等于"number"（数目）。这种意义和用法由来已久，在《圣经》中就出现了。比如《出埃及记》第五章上所说的"砖的数目"（the tale of bricks）等。此两说，译者取前者，因为更接近于原意，符合当时的牧歌情调，而且意境优美，诗味浓烈。

19. 弥尔顿在《欢乐颂》和《沉思颂》中所描绘的风土景

物有些是虚构，有些是实指。前面所提到的"宽阔的河"是指泰晤士河；"宫堡和雉堞高高地矗立"是指英国皇家所在地温莎城堡（Windsor Castle）。

20. 北极星：原指小熊星座（Ursa minor）中的北极星（the pole star），引导古代航海者（特别是古代腓尼基人）的星宿，所谓的"a guiding star"。后引申为最能引起人们注意的事物。

21. 柯里敦和塞西斯：古罗马诗人维吉尔的《牧歌》（Eclogue）第七章中两个男牧羊人的名字。塞西斯的名字最早见于古希腊诗人忒奥克里托斯（Theocritus）的《田园诗》中。

22. 菲莉斯：女牧羊人名，见维吉尔的《牧歌》第三章。

23. 赛斯蒂里斯：女牧羊人名，见维吉尔的《牧歌》第二章。

以上几个古代牧歌、田园诗中人物的名字为弥尔顿所借用，对英国乡野风物和生活场景起烘托作用，增加情趣。

24. 玛布仙后：玛布仙后（Queen Mab）原是爱尔兰仙女之首。她特别喜欢吃奶酪以及其他牛奶制品。参见莎士比亚《仲夏夜之梦》第一幕第四场，以及《罗密欧与朱丽叶》第一幕第四场。

25. 鬼火：夜晚在沼泽地上飘荡的磷火，英语作"will-o'-the-wisp"（拉丁文是 ignis fatuns）。这里弥尔顿称为"friar's lantern"，可能是他自己的创造。

26. 做苦工的精灵：指"好人儿罗宾"（Robin Goodfellow），传说中时常出现在家里的淘气、恶作剧、好心肠的小精灵，或被称为"勃朗尼"(Brownie)，也就是莎士比亚《仲夏夜之梦》中的"蒲克"(Puck)。该剧第二幕第一场中一个小仙人说："假如我没有把你的模样儿认错，你大概就是名叫好人儿罗宾，那个调皮捣蛋的精灵了。"在这一段台词中列举了蒲克好几样恶作剧和令人哭笑不得的事情。例如把牛奶皮撇掉，使主妇累得气喘吁吁，半天搞不出奶油等。弥尔顿在写本诗中这几行时，大概受到《仲夏夜之梦》的启发。

27. 粗笨的精灵：指《仲夏夜之梦》第二幕第一场中所谓"粗野的精灵"(lob of spirits)。从字源学上来看，"lob"一词就是"lubbar"，或"lubber"。

28. 伸开身子，就同壁炉一样长：英国老式的壁炉紧贴着屋子里的一边墙，有6英尺到8英尺长，甚至更长些。

29. 这是西方长期以来的一种传说，认为凌晨公鸡的啼鸣是一切鬼魂隐退的信号。参见莎士比亚《哈姆雷特》第一幕第一场霍拉旭的台词。他说："公鸡是给人间报晓司晨的喇叭手，……它的警告一发，不论在海上，在火里，在地上，在空中，一切逍遥游荡的妖魔鬼怪就奔回各自的巢穴……"

30. 有时候高竖塔楼的城镇吸引我们：这里原文中的"then"一词有不同的解释。一说"then"是副词，即通常所谓的"然后"(after that, afterwards)；另一说"then"是指"on another occasion"（"有时候"，"在另一时机"）。这一解释较近原意。本段第十五行原文"then"，也是"有时候"的意思。"欢乐的人"是一个好动外向，喜欢到处观察、探寻各种生活景象和人情世态的人。有时乡野风光和生活场景吸引他；有时他则

58

醉心于城市里人们的各种活动。有的注释（例如 Palgrave《金库集》的增订注释本）说弥尔顿在这一段中所描绘的城市生活都是指"欢乐的人"在某些书籍中读到的。这点似不确切。

31. 这一段从第三行到第八行都是在描写西欧中世纪骑士制度下的风尚，是一幅典型的画面。参见 15 世纪英国作家托马斯·马洛礼（Thomas Malory）所著《亚瑟王之死》（*Le Morte d'Arthur*，1469—1470）中某些有关的场景。

32. 司婚之神：希腊罗马神话中身穿黄袍、手执火炬的婚姻之神。

33. 琼森：英国 17 世纪著名的诗人、学者和戏剧家本·琼森（Ben Jonson，1572—1637）。他一生创作了许多悲剧、喜剧、假面诗剧以及抒情诗等，代表作有《狐狸》（*Volpone*，1607）、《沉默的女人》（*The Silent Woman*，1609）、《炼金术士》（*The Alchemist*，1612）等。这里原文"If Jonson's learned sock be on"一句中"sock"一词指古代喜剧或滑稽戏的演员所穿的矮跟轻便鞋。因此"sock"就代表喜剧。正如"buskin"是希腊悲剧演员所穿的高跟靴子，所以"buskin"就代表悲剧一样。

34. 这里把琼森戏剧创作中的学者情调同莎士比亚清新自然的风格做一对照。弥尔顿心目中的莎士比亚的作品大概是《仲夏夜之梦》、《皆大欢喜》和《暴风雨》等。

35. 吕底亚歌曲：吕底亚（Lydia）原是公元前 7 世纪至公元前 6 世纪时小亚细亚西部的一个国家，后为波斯帝国所征服。这里指古希腊的一种歌曲。古希腊的音乐有三种最主要的乐调：（一）吕底亚，柔和美妙的；（二）多利亚（Dorian），朴素庄严的；（三）弗里吉亚（Phrygian），雄伟尚武的。后世如 18 世纪英国诗人柯林斯（Collins）的《自由颂》（*Ode to Liberty*）、19 世纪英国诗人济慈（Keats）的十四行诗中均提及"吕底亚歌曲"。

36. 俄耳甫斯：传说中古希腊色雷斯地方的音乐家，诗歌女神缪斯之一的加利欧比（Calliope）的儿子。他擅长弹奏七弦琴，琴音能使野兽入迷服帖，使树木和石头感应。他的妻子欧律狄刻（Eurydice）被毒蛇咬死进入地狱，他十分悲痛，追到地狱，奏起七弦琴。神奇的乐音使冥王普路托 [Pluto，即希腊神话中的哈德斯（Hades）] 感动，同意释放欧律狄刻，不过俄耳甫斯必须遵守一个条件，就是在他的妻子从地狱随他回家的路上，他不可回头看她。但是由于炽热的爱情，俄耳甫斯一出地狱门就情不自禁转过头来看了她一下，于是欧律狄刻就立即消失，回到地狱里去了。

37. 伊丽西乌姆花朵：伊丽西乌姆（Elysium）原野上生长的花朵。伊丽西乌姆是希腊神话中好人死后的住处。后引申为极乐世界，幸福的境界。

38. 参见注 36。

39. 参见注 36。

40. 在本诗最后两行，弥尔顿有意采用并改写与莎士比亚同时代的诗人和剧作家马洛（Marlowe，1564—1593）所作的一支歌《多情的牧羊人给他的情人》（*The Passionate Shepherd to his Lover*）的结尾："假如这些欢乐会打动你的心灵，那么请同我在一起，做我的爱人。"

《沉思颂》注释

1. 沉思颂：本诗原标题作"Il Penseroso"，意大利文；英文是"the thoughtful man"（沉思的人）。现代意大利文"沉思"一词应作"pensieroso"（形容词，名词是 Il pensiero），这里弥尔顿写成"Il Penseroso"，是 17 世纪流行的用法。

2. 生而无父：指"欢狂"（joys，拟人化）是从"愚蠢"（folly，拟人化）中生出来的，没有父亲和母亲。

3. 摩尔甫斯：希腊神话中的睡眠之神，一说他是睡眠之神的儿子，他自己是梦之神。

4. 门农王子：非洲埃塞俄比亚的一个王子，异常英俊而英勇，曾随他的伯父普里阿摩斯（Priam，即特洛伊国王）参加抵抗希腊联军的特洛伊战争。他的妹妹希美拉（Himera）长得非常像他，美丽出众。

5. 埃塞俄比亚女王：指卡西欧贝亚（Cassiopeia），埃塞俄比亚国王赛夫斯（Cepheus）的妻子安德洛墨达（Andromeda）的母亲。传说她夸口（一说是她认为她的女儿安德洛墨达）比大海女神尼利德（Nereid）要美丽得多，因此海神波塞冬（Poseidom）就掀起洪水，淹没了埃塞俄比亚；并且派出一头海怪到处蹂躏，命令交出安德洛墨达作为牺牲。安德洛墨达被绑在一块石头上，后来珀耳修斯（Perseus）来救她，杀死了海怪。卡西欧贝亚死后，变成了一颗星（即仙后座）。弥尔顿在本诗中提到这个故事。

6. 维丝塔：罗马神话中的家庭和炉灶女神，萨顿的女儿，相当于希腊神话中的赫斯提（Hestia）。一盆为女祭司们（贞洁的处女）所掌管的永不熄灭的火（火焰是维丝达明亮的头发）在女神庙里燃烧，象征光明和纯洁。

7. 萨杜恩：罗马神话中的农业之神，相当于希腊神话中的克罗诺斯（Cronos）。他是提坦（Titans）族最年轻的一个巨灵，众神之父，文明的创立者。传说萨杜恩是孤独、忧郁、为所欲为的，他吞食了自己的子女，最后只剩下宙斯一人。宙斯设法逃出他父亲的魔掌，起来推翻了萨杜恩的统治，成为奥林匹斯山上的众神之长。在宇宙天体中，Saturn 即土星，离地球较远，运行也较缓慢，所以根据古代西方的说法，它是阴沉、孤寂的。受其影响而生的人是忧郁的，所谓"Saturnine"。

8. 指萨杜恩统治时的黄金时代。那时人们的生活不受任何法律制约，物产丰富，四季如春。

9. 艾达：地中海克里特（Crete）岛上的艾达山，萨杜恩居住地。传说萨杜恩的婴儿宙斯被秘密藏在山洞里才保全生命。后来宙斯打倒了萨杜恩，便转移到希腊本土奥林匹斯山上，建立了统治众神的宝座。

10. 约夫：指罗马神话中的朱庇特（Jupiter），相当于希腊神话中的宙斯。参见注7。

11. 这里"和平"与"安静"均拟人化。

12. 斋戒：拟人化。

13. 根据古希腊诗人赫西奥德（Hesiod）的《神谱》，缪斯

（Muses）降临赫利孔（Helicon）山上，环绕着泉水和宙斯的祭坛轻灵地跳舞，欢乐地唱歌。缪斯共九位，都是宙斯和摩涅莫辛涅（Mnemosyne）所生的掌管文艺和科学的女神。其中诗神（史诗和抒情诗）最为人所熟知。

14. 悠闲：拟人化。

15. 这里所描述的几行，参见《圣经·旧约》中《以西结书》（Ezekiel）第十章："我观看，见基路伯头上的苍穹之中，显出蓝宝石的形状，仿佛宝座的形象。主对那穿细麻衣的人说，你进去，在旋转的轮内，基路伯以下，从基路伯中间将火炭取满两手，撒在城上。……殿内充满了云彩，院宇内也被耶和华荣耀的光辉充满。基路伯翅膀的响声传到外院，好像全能神说话的声音。"（引自"中华圣经会"印行的《新旧约全书》中译本。）引文中的"基路伯"即为天使 Cherub。西方绘画中将 Cherub 画成有粉红色的身体、背上长着一对翅膀的可爱的男孩。这里，"小天使——沉思"（Cherub Contemplation）是弥尔顿根据中世纪把天使分成几个等级（Cherub 是二等天使）的一种说法。每级天使都赋有一种特殊的力量。Cherub 的才能就是"对于神圣事物的知识和沉思"。

16. 寂静：拟人化。

17. 夜莺：希腊文是 philomel 或 philomela（英文作 nightingale）。菲洛梅拉原是古希腊传说中一个美丽的姑娘，雅典国王潘提翁（Pandion）的女儿。国王把长女普洛克涅（Procne）嫁给色雷斯部族的一个国王蒂留斯（Tereus），生了一个儿子。后来蒂留斯对妻子厌倦，骗菲洛梅拉入宫，将她强奸，并割去她的舌头。菲洛梅拉把她的悲惨遭遇织入一件袍子里，送给她的姐姐。普洛克涅知其事后，便杀了儿子，把尸肉端给丈夫吃。她和菲洛梅拉从宫中逃走，蒂留斯拿着一把斧头追她们。当他快要抓住姐妹俩时，神立刻把这三人变成三只鸟：蒂留斯是戴胜，普洛克涅是燕子，菲洛梅拉是夜莺。菲洛梅拉（夜莺）的命运如此不幸，她是最悲伤的。

18. 夜：拟人化。

19. 月神：指罗马神话中的狄安娜（Diana）。因她生于特洛斯地区的西恩修斯（Cynthus）山上，所以月神又名辛西娅（Cynthia）。月神的车是被两匹白马拉着的。这里弥尔顿说是两条龙，大概是想到希腊神话中的农业、五谷女神得墨忒耳[Demeter，即罗马的刻瑞斯（Ceres）]，因为只有她的车是双龙拉的。

20. 晚钟：西欧中世纪时，通常是晚上八点钟敲钟，通知家家户户熄灭灯火。

21. 这里广阔的河岸大概是指泰晤士河。因弥尔顿写《欢乐颂》和《沉思颂》两篇诗时，正住在贺顿（Horton）乡间，离泰晤士河不远。参见《欢乐颂》注19。

22. 更夫：当时夜间守卫人摇着铃，缓慢地穿过各条街道，大声报告时间（当时时钟极少）以及天气，而且低声说出咒语，以驱除鬼怪邪气。

23. 这里是说诗人（"我"）彻夜用功读书，直到日出天明。

24. 赫耳墨斯：相传是3世纪至4世纪时享有盛名的哲学和宗教论著的作者。生平不详。这些著作中一部分是关于魔术、炼金术和神秘哲学的。

25. 这里是说从阴界召回柏拉图的灵魂，问他人死后灵魂何往。当时施行这种魔术的方法是：把柏拉图的著作，主要是《斐多》（*Phaedo*）和《提米乌斯》（*Timaeus*），从书架上拿下来，人们把手放在书上发问。

26. 柏拉图认为这些精灵存在于人类和天神之间，是神的助手，统治世界；又认为每个人身上都附着一个精灵。后来，古代哲学家把这些精灵分成四等，或者四种元素，即火（Salamanders）、气（Sylphs）、水（Undines）和土（Gnomes）。这四大元素决定一个人的品质、性格、倾向等。参见《欢乐颂》注2。

27. 底比斯：古希腊皮奥亚（Boeotia）地区的首府，希腊不少悲剧都以此为背景。这里指索福克勒斯的著名悲剧《俄狄浦斯王》（*Oedipus Rex*）。

28. 珀罗普斯：荷马史诗、希腊神话和希腊悲剧中著名人物阿特柔斯（Atreus）、梯厄斯忒斯（Thyestes）、阿伽门农（Agamemnon）、梅内莱厄斯（Menelaus），以及俄瑞斯忒斯（Orestes）、伊菲琴尼亚（Iphigenia）和伊莱克特拉（Electra）等的祖先。这个家族前后发生了许多可怕悲惨的事情。例如希腊联军主帅阿伽门农从特洛伊得胜回到本国时，就被他的妻子克吕泰墨斯特拉（Clytemnestra）及其奸夫合谋杀死。后来阿伽门农的儿子俄瑞斯忒斯长大，为父报仇，杀了母亲和她的情夫。弥尔顿非常熟悉和喜爱希腊悲剧，其中包括埃斯库罗斯的《俄瑞斯忒斯》三部曲（即：《阿伽门农》、《奠酒人》和

《报仇神》），索福克勒斯和欧里庇得斯的《伊莱克特拉》，以及欧里庇得斯的《伊菲琴尼亚》等。

29. 特洛伊的故事：见荷马史诗《伊利亚特》。这里大概是指欧里庇得斯写的关于特洛伊陷落的悲剧。

30. 弥尔顿对于英国伊丽莎白时期的悲剧，其中包括莎士比亚的创作，并不欣赏。他曾在诗剧《力士参孙》（*Samson Agonistes*）的序言中指出："由于诗人们错误地把喜剧的成分掺杂在悲剧的肃穆和严峻里面；或者引进浅薄庸俗的人物，这是一切明眼人都认为是荒谬的，……为讨好观众而写作的。"

31. 穆沙斯：传说中的古希腊神秘诗人，或说他是俄耳甫斯的儿子。现仅存据说是他写的一些片段，包括颂歌、预言诗等。

32. 参见《欢乐颂》注 36。

33. 他：指乔叟（Chaucer），英国 14 世纪伟大诗人（有"英国诗歌之父"之称），《坎特伯雷故事集》（*Canterbury Tales*）的作者。

34. 这里几行是指《坎特伯雷故事集》中的未写完的《乡绅的故事》（"Squyeres Tale"）。鞑靼国王康布斯干（Cambuscan），或称康布斯汗（Cambuskhan），有两个儿子：康巴尔（Cambal）和阿尔加西夫（Algarsife）。他还有一个女儿加纳斯（Canace）。当国王为庆祝他的生日大摆宴席时，有一个骑士骑着一匹青铜骏马来到大门前，一只手中拿着一面镜子，大拇指上戴着一只金戒指。这就是阿拉伯的一个国王，即加纳斯的情人，派使者送给康布斯干和他的女儿的礼物。神奇的镜子和戒指给加纳斯，青铜骏马赠国王。骑上这骏马能够在24小时内跑到任何遥远的地方。

35. 伟大的诗人：首先是指对弥尔顿有着深刻影响的斯宾塞（Spencer）和他的代表作《仙后》（*Faerie Queene*）。这部作品将中世纪武士传奇同道德的寓言意义结合在一起。另外，弥尔顿也想到意大利两位杰出的诗人：《被解放的耶路撒冷》的作者塔索（Tasso）和《疯狂的罗兰》的作者阿里奥斯托（Ariosto）。

36. 阿狄加的男孩子：指猎人册法路斯（Cephalus），他的祖父是册克罗普斯（Cecrops），希腊阿提卡（Attica）的国王。黎明女神厄俄斯看见出外打猎的册法路斯，便爱上了他。

37. 西尔凡：罗马神话中的山林之神，相当于希腊神话中的潘（Pan），牧神。

38. 睡眠：拟人化。

39. 这一段是弥尔顿根据他所熟悉的许多素材创作的，使之成为一幅栩栩如生的典型画面。其中包括牛津和剑桥大学里某些哥特式（Gothic）的教堂建筑等。合唱队和手风琴音乐等的描写都糅合着弥尔顿少年时期自己的经历和亲切的感受。

40. 最后两行语言结构同《欢乐颂》一样。余参见《欢乐颂》注40。

《欢乐颂》与《沉思颂》解说

维里蒂（A. W. Verity）

Ⅰ 创作时间

《欢乐颂》与《沉思颂》直到 1645 年才出版。这两首诗的原稿并未保存在剑桥大学"三一学院"弥尔顿的著作遗稿中，因此我们没有直接的办法来确定作者是何时写作的，不过批评家一致认为应作于 1632 年左右。《科摩斯》（*Comus*）的创作年代是 1634 年；根据文笔风格，编辑们以为《欢乐颂》与《沉思颂》是写于这个假面诗剧之前。弥尔顿写这两首诗时是在乡间，这个假定是不会有什么错误的。1632 年他回到白金汉郡（Buckinghamshire）他父亲那里，这点也是肯定的。因此，我们大概可以确定这一年（或者 1633 年）是创作这姐妹诗篇的年代，而且贺顿就是诗中的场景。

Ⅱ 《沉思颂》先于《欢乐颂》

我们很自然会想到《沉思颂》是后写的，但是，从下面的理由来看，这首诗的构思（假如不是实际上写下来的话）很可能是在先。弥尔顿创作的动机往往来自外部。某些特殊的事件激起了他的想象，结果就产生了一篇《黎西达斯》（"Lycidas"），一篇《达莫尼斯的墓志铭》（"Epitaphium

Damonis")；或者他应一个朋友的请求拿起笔来写作，例如《科玛斯》就是这样；或者他偶然在某一个诗人的作品中读到一个吸引人的主题而做了不恰当的处理，他要看一看这个主题是否可以更加有力地加以安排，他就这么做了。一点小小的火星足够点燃他的想象。《沉思颂》一诗便是这样。弥尔顿一定知道以前曾有两首赞美"忧郁"的诗，从中得到了描绘沉思者的生活及其个性的念头；然后去思考，用尖锐的对照去勾描出相反的类型——参与社会交际和活动的人来，这便是这些想法的很自然的结果了。他首先在哪幅画布上工作并不重要；在某种程度上，这两幅画布倒会是并列地被使用着的。两首诗从头到尾都存在着十分有意的对比，一首诗中那么多文字上的点染就在另一首诗相当的景色中造成了突出的对照。因此，我们可以相信弥尔顿一定经常改动或插进某些细节部分，比如在《欢乐颂》一篇中。而这种做法只是为了指明它跟《沉思颂》一诗不同的目的。不管怎样，我们应该记住：无论如何，"忧郁"是"欢乐"的先行者；她，"忧郁"，是首先迷惑着弥尔顿的幻想的。

有首已经提到过的、从中也许可以追寻《沉思颂》的萌芽的诗，这就是《美好的勇力》一剧中那支著名的歌曲"离开吧，你一切虚妄的欢乐"以及"没有比可爱的忧郁更优雅甜蜜的了"的情感主题。

另外是放在《忧郁的解剖》之前的一组诗。有个标题叫"作者关于忧郁的摘要"。诗行跟《沉思颂》一样是用四音步写的，并且使人想到后者不但在主旨上，甚至有时在语言上与它相似的方面。这些诗表达了一个学者对于孤独而孜孜好学的生活的见解。他使愉快的和痛苦的事物保持平衡，而最后得到这么一个歌曲作者早已表达过的结论：

> 在这里所有我的欢乐都是愚蠢的，
> 没有比忧郁更加甜蜜的了。

毫无疑问，弥尔顿曾经读过这些诗，并且它们供给弥尔顿以种子，从而产生了《沉思颂》，随后又引向《欢乐颂》。还有一点应该补充一下。下面两首诗结尾的押韵双句就是伊丽莎白时代的抒情诗《来同我住在一起》的回声。

> 假如你能赐给我这些快事，
> 欢乐啊！我愿永远同你在一起。

> 忧郁啊！假如你能给我这些欢乐，
> 我便愿意同你在一起生活。

这是有意的。这首诗的最后一节是这样的：

> 牧人情郎们跳舞和唱歌，
> 在每个五月清晨，为了你的欢乐；
> 假如这些欢乐会感动你的心灵，
> 那么请跟我同住，做我的爱人。

Ⅲ 《欢乐颂》与《沉思颂》的意义

关于《欢乐颂》与《沉思颂》的意义或者构思，存在着不同的意见。马深（Masson）说："每首诗描写理想的一天——24小时的一天。"这种理论，即认为每首诗只限于一天之内，是不能令人十分满意的。《欢乐颂》的结尾会让我们陷入一种困惑，而对于《沉思颂》，这困惑就更大了。我无法使这种解释同后者的原文一致起来。这样会把原诗开头的六十行都取消，而使那个学生在月光下开始他的理想的一天。不过我们要引用马深博士自己关于这首诗从第六十一行开始直到最后一段的摘要：

> 首先听到的是夜莺的歌唱；那年轻人为歌声所吸引，便在月光下散步向前，看见一切都呈现着银色的闪光，谛听夜幕降临的声息。这种黄昏或夜晚的景色和声音是适合于忧郁的心境的。然后，他又回到屋子里，我们看见这个爱好沉思的青年坐在房中，那里炉中还有余烬的亮光。他坐着沉思，没有任何声响扰乱，除了走过的更夫的那种催人欲睡的声音（也许这时候他是在一个城镇里）。更晚些，或者在半夜，我们可以想象他在某座高高的守望楼中读书，同古老的哲学家或诗人们讨论那些严肃和悲剧性的主题。在这样肃穆和奇异的幻想中，一整夜消失了，黎明来临了，不是欢欣的，而是阴沉多云的；风摇曳着树木，密密的雨点从屋檐下坠落。最后，太阳上升时，彻夜未眠的守望者出来散步；他没入十分巨大的橡树或松

林中。他也许突然感到昏昏欲睡，便在某条瀑布旁边躺倒在地上了。然后，在他参加混杂的社会活动以前，他到附近的哥特式的大教堂去参拜，一阵手风琴的音乐使他的心灵上升到最高的境界。

我们会把这些看成是理想的一天吗？原文允许这样的解释吗？《沉思颂》第七十三行至第八十五行中所描写的娱乐和事情不是连贯的，而是互相交替的。如果认为弥尔顿是在描写《欢乐颂》与《沉思颂》中各自生活的主要倾向，这倒是十分自然的事。愉快的经验和追求不是任何特殊的 24 小时，而是每个人的整个经历。"欢乐颂"也许在一个春天的早晨漫游一片乡野，但不一定在同一天他就去参加"庆典游行，宴会，作乐寻欢"；我们也不需要叫他匆匆忙忙地离开假面舞会，因为当天晚上他必须参观"技艺精湛的剧院"的演出。这些都是不同的插曲，是联系到不同的时机的。今天是一种欢乐，一次乡村的节庆；明天是另一种欢乐，在马上比武；贯串每首诗的只不过是一条细小的联络线；诗人就以此把两种相对立的生活中各种不同的方面和娱乐结合在一起。

Ⅳ 格律

关于两首诗的格律需要说一下。每首诗开头十行组成一段"祈求"。这十行虽然都是抑扬格，但长短不同。在这之后，弥尔顿采用并坚持了简单的、四音步的、主要是抑扬格的双句押韵诗式。乔叟曾经运用这种格律写了《声誉之家》(*The House of Fame*）、《玫瑰传奇》（*The Romaunt of the Rose*），以及其他作品，这也通常见于本·琼森（Ben Jonson）的假面喜剧中，也许由于这种节奏十分适合于配乐。弥尔顿后来在他的《科摩斯》的几段朗诵中也曾借助于这种诗律。

有几行诗是扬抑格，不是抑扬格，下面所引的诗句可作为例子：

> Haste thee, nymph, and bring with thee
> Jest, and youthful Jollity
> （快来吧，山林水泽女神啊，请你带来
> 戏谑，和青春的欢快）

这些诗句的可能的解释是：第一个音步用一单音节组成。因此音步的划分是这样的：

> Haste ｜ thee, nymph, and bring with thee
> Jest, ｜ and youthful Jollity

弥尔顿大概是从乔叟那里借来这种写诗方法的——这经常出现在《欢乐颂》一诗中，而在《沉思颂》里就少多了——乔叟作品里有很多相同的例子。这是一种非常有效的技巧，除了使诗句有变化之外，还能产生一种特别精美的、轻快的歌曲节奏。假如严格地遵守抑扬格规则的话，诗句一定会是很呆板单调的。

V 对立的类型

弥尔顿所企图描写的是怎样的两种性格类型？其中有什么不同？

这个问题常被提出，但不是很容易解答。我们感到"L'Allegro"是作为一个无忧无虑的人的代表，他一生中享受随时随地来临的生活的愉快，避开它阴暗处，并且从来不驻足追问这一切的意义。"Il Penseroso"则是一个沉思默想的人，他那种深思熟虑的倾向已经使他失去了行动的能力和欲望了。对于"L'Allegro"，生活就是愉快。他的哲学可以用华兹华斯的"在最广大的人间伸展的欢乐"这一观念来概括：欢乐在自然中，自然微笑着，反映了他知足的心境；欢乐在田野上的景物和声音中；在亲见别人的幸福中；在同世人的交往情谊中；在所有以其光辉和色彩的闪耀使人目眩心怡的娱乐中；在使灵魂充满幸福的和谐中，仿佛科摩斯那只神魔的酒杯。无论他踏上哪一条道路，无论他的脚步转向什么地方，他所达到的目标就是欢乐——不涉及声色的欢乐，而只是那种独一无二的欢乐。这是光明的生活，从一个儿童的立场来看的生活，不会有任何引起沉思的痕迹，不会意识到这世界有什么不如意的东西。他看不见一切不愉快的事物，他行走在一片欢乐的林园中，在那儿，"悲哀从大门口远远地飞走了"。在乡村节庆的骚扰里，或者在扮演本·琼森的"滑稽戏"的剧院里，或者在白宫举行宫廷假面舞会的夜晚——在那时候，灯火辉煌，服饰华美，香气洋溢，以及成千种优雅和耀眼的东西使想象力沉醉了，你是不可能好自沉思的。这一切正是"L'Allegro"所理解的生活能给予的最美好的东西；在这一切之中没有沉思的余地或时节。

至于"Il Penseroso"，沉思是自始至终的，每条路都通往那边。为了沉思，他离开人群；平常的社会交际会干扰他。他所祈求依靠的力量就是和平、安静和闲暇。他节衣缩食，为了使物质的东西不会遮掩住他梦幻的清晰。他的"理想的一天"是不参加任何活动的。他在自然中得到安慰，仅仅是当自然会有助于他对沉思的爱恋的时候。她——自然，必须穿上她最暗淡的袍子，以便跟他忧郁的情思相调和；她必须从他那里得到"和他的神色相同的东西"。同"L'Allegro"一样，他也接近音乐——当然不是那种会使他昏昏欲睡的音乐，而是那种能激动他的心灵而赐给他一种尘世之外的启示的音乐。不同于"L'Allegro"，他不寻求可以分心的娱乐消遣。他最强烈的愉快来自读书，书籍为他准备了沉思的崇高事迹，阐明哲学上的疑难问题，并且使他同伟大的思想家们交谈对话。不管从哪方面来说，我们都认为"Il Penseroso"是沉思者，对于他，外面世界的熙熙攘攘、骚动不安，都是空虚的。总之，这些就把这两种类型区别开来了——一类人是永远沉思的，另一类人则从来不。

VI 两首诗与当时事件的关系

谁都会看得出来弥尔顿到底同情哪种类型的人。"Il Penseroso"就是弥尔顿自己。这首诗是一幅画，几乎是未经理想化的，描绘了他在贺顿度过的生活——假如不是时势动荡，这种生活他会继续下去的。这样的自我写照总是使人感兴趣的。但是当我们回忆那个时期的外部境况时，它的价值就会十倍地增加了。环境一定影响了弥尔顿。他一定感到"L'Allegro"的性格（稍微加以改变和补充）也许可以作为当时宫廷和保皇党人那种无所顾忌、寻欢作乐的精神的象征。他后来在科摩斯及其追随者的身上便体现了这种精神，而且加以谴责，使之毁灭。在另一方面，"Il Penseroso"倒不是清教徒主义的化身。他表现了一种文化理想和生活中沉思的愉快，这跟阴郁的清教徒理想是大相径庭的。弥尔顿实际是在两个党派之间行走着，而在这党争中，国家迅速地被分裂了。那些强迫他选择这一边或者那一边的危机还没有来到，虽然《沉思颂》一诗已是一个暗示，指出他将要被推进哪个阵营里，当必要采取行动的时候。

VII 两首诗的声誉与影响

法国批评家谢勒尔（Scherer）曾说弥尔顿的语言不仅是美丽的，而且充满着魅力，这种魅力来自词语的"toujours justes dans leur beautés"（总是恰到好处）；又说弥尔顿的诗实际上实现了柯勒律治（Coleridge）关于诗歌的定义——"恰当的词语在恰当的地位"（the right words in the right place）的要求。对于《欢乐颂》与《沉思颂》来说，这评论是特别真实的。它们具有遣词用语的巧妙的品质，使好诗在读者的记忆中无法抗拒地留下了痕迹。词语流动，融成一片和谐的整体，不可分割。这点由事实得到了证明：这两首诗中的许多语句已经进入日常用语而流行了。许多只言片语已经成为语录，在不知其出处的人们口中被称说着。我们同样可以在风格非常不同的诗人们的著作中听到《欢乐颂》与《沉思颂》的回声；没有其他抒情诗篇曾是这样经常地被模仿着。假如没有这两首诗，很多的诗篇将永远不会被写出来。不但 18 世纪诗歌中的 dei minores（次等的神祇）——华顿们（Wartons）和马深们——为弥尔顿的魅力所俘虏，就是那些伟大的作家——德莱顿（Dryden）、蒲柏（Pope）、柯林斯（Collins）和葛莱（Gray）——也来到这座完美的辞藻文采的宝库里而获得诗歌创作中一次又一次的胜利。作家们可以什么都不赞成，但都一致赞美弥尔顿，向他索取。这样，我们可以毫无疑问地说：《欢乐颂》激起了济慈的《幻想》（"Ode to Fancy"）；《沉思颂》是丁尼生（Tennyson）的《记忆颂》（"To Memory"）的 "onlie begetter"（唯一生父）。

Ⅷ 弥尔顿对自然的态度

还有一点必须提一下，《欢乐颂》与《沉思颂》是文学关于描写自然的诗歌中最早的一个范例。特别是《欢乐颂》流露了弥尔顿对自然的热爱，一种十分真实的深邃的感情，尽管缺乏华兹华斯自然崇拜的高超性和丁尼生的忠诚感。但是这些品质我们是不应该期望在一个 17 世纪的诗人那里找到的。对自然的倾慕之情是近代的，这是华兹华斯诗歌中的生命和 "anima"（灵魂）。对于弥尔顿，那种空洞的泛神主义是最令人讨厌的。他会认为这简直是反宗教的。这样的感情是为了被创造者而取消了创造者，而不是通过自然看到自然的上帝。

那个时代的诗人们也没有精确地研究过围绕着他们的世界的现象，正如我们所熟知的丁尼生所做的那样。他们满足于表达一般的印象，主要部分是真实的，虽然细节部分是不正确的。

我们必须用他们的标准来评论弥尔顿，而且我们不能否定他对于自然的欣赏，仅仅由于发现在他的描写中有偶然的错误，或者因为我们感到他的风格有时是奇特而呆板的。弥尔顿向往古典作家的语言，这对于他是很自然的事。他心中是那样充满着古人的精神，以致他无法十分自如，对荷马和维吉尔的记忆不自觉地决定了他的文风。不过他的感情并没有因此而不真诚，因为他表达感情自有其文采。

简论《欢乐颂》与《沉思颂》

勒戈依（Legouis） 卡查米恩（Cazamian）

当弥尔顿还在剑桥大学时，他写了一首关于耶稣诞生的颂歌。然后他从剑桥回到白金汉郡的贺顿他父亲家里，他已经放弃了从事实际职业的一切念头，决定潜心于研究和诗歌创作了。从 1632 年至 1638 年，除了乡间的闲暇消遣中断了他寂寞的劳作，他接二连三地创作了他早年最后的那些令人神驰心醉的诗篇。

我们已经注意到那种曾使威瑟（Wither）和马韦尔（Marvell）出名的对于乡村的浓烈兴趣。倾向于清教徒主义的诗人们是真切地憎厌城市和宫廷的种种邪恶的。他们在乡野间寻觅"自由自在，不会引人责怪的快乐"，这是十分自然的事。弥尔顿在离温莎不远的贺顿度过的岁月中，在流水环绕、富饶翠绿的那一片茂林掩映的美丽乡土上孕育出的作品，流露了他对于大自然的深情。

这一点没有比他在那里所创作的最初的诗篇——《欢乐颂》与《沉思颂》更加明显的了。这些短诗一部分是描绘性的，一部分则是抒情的；它们表达诗人的心境多于风光景色。我们看到弥尔顿在追求最大的纯洁的愉快，或者，宁可说，他在制作一幅双联画景，以表达在不同时节他感到的愉快的两种状态——交替着他的喜悦和他庄严的心境。这里没有责任和欲望的冲突，好像普罗蒂克斯（Prodicus）寓言中的大力士赫拉克勒斯（Hercules）的选择那样。这里没有悲剧的因素。的确，再没有任何场合能使这位纯粹的诗人更加显示出他自己是多么高兴的了。他重现了《忧郁的解剖》一书开头那首小诗的主题；伯顿（Burton）在诗中运用交迭和对比的诗行，描述了忧郁的魅力和诅咒。弥尔顿也受到了约翰·弗莱彻（John Fletcher）的《美好的勇力》一剧中那支可喜的歌曲——"离开吧，你一切虚妄的欢乐"的启发。弥尔顿跟弗莱契一样，而不同于勃顿。他终于选择了忧郁，不过他首先陈述欢乐所有的好处。他的新鲜处存在于对于乡村直接的仔细观察。用"扭曲的"这个恰当的词儿来形容金银花也许会引起争论，但是不这样，哪里有唯一的真实性和纯粹的诗呢？弥尔顿一方面描绘了欢笑的装束中的生活和自然所能给予人们的一切的欢欣——春天，清晨，云雀的歌唱，日出，在田地上劳动的男男女女，他们的素菜淡饭，丰收，夜晚壁炉旁所讲的故事，以及"高竖塔楼的城镇""喧闹的人群"；

> 还有庆典游行，宴会，作乐寻欢，
> 假面舞蹈，以及古典的戏剧表演；

还有在"技艺精湛的剧院"演出的剧本和那些"柔美的吕底亚歌曲"的愉快。

在另一方面，弥尔顿描写了寂寞的沉思中更加深邃的愉

快，日落，夜莺的歌唱，"干燥、修剪得平整的草地"上的月光，去谛听

> ……远迢迢传来晚钟的声响，
> 越过广阔河水的两岸

或者那"沉思颂"在某座孤寂的塔楼上，在他的书籍中间阅读哲学或者科学著作，或者他期望

> 有时候，辉煌的悲剧，
> 身着壮丽的皇袍在我眼前闪出，

直到黎明来临，并非显赫，而是淡妆素服。他在"薄暮时分那些树木搭成拱形的幽径"上散步，或者在"可以潜心研修的教堂的庭院"徘徊。他不再出现在戏院里了，相反，到哥特式的大教堂去，在那里他聆听"一阵阵风琴声悠扬"。

连续纵情的描写会使这幅双重画景的诗句显得太柔弱，太具有概括性了，但是后来的作品没有能使这两首诗的魅力光彩暗淡，或者能跟它们恰到好处的优美相比。每首诗看起来只是一连串的观察，但是，每首诗在感情的统率之中是一个整体。每首诗有着它自己的精神："欢乐"那玫瑰色的仙女——

> 那么活泼、温柔而欢畅。

她带着那"爱好在柔和的酒窝里逗留"的"双颊上的微笑"，踮着"轻灵""奇妙"的脚尖，右手牵着"山岳女神，那甜蜜的自由"；而"最神圣的忧郁"，她"崇高的面容太明亮"，因此"蒙上黑色宁静的智慧的色彩"；那"沉思的女尼，纯洁而虔诚"——

> 步履平稳，迈着沉思的脚步，
> 你抬头凝望，与苍穹交流相通，
> 你眼睛里流露出专注的心境。

没有比这幅双联画景的形式更为朴素的了：押韵的双行诗式，每行有四个重音。这种灵巧的格律会使别的诗人们流于散漫而絮烦。但是在这两篇诗中，这位艺术家给以控制，他舍弃一切，只保留精致的东西。弥尔顿很明智地运用了对于其他许多诗人们可以准许自由的诗艺。他任意交替使用较平和的抑扬格和较轻快的扬抑格。这两首共有 382 行短句的诗充满着仔细的观察所得，成为艺术中一种取之不尽的经验。同时，它们展现了弥尔顿的全部记录，这一时期他的整个感情历程的最高的音调。记录是简短的：它排除了罪恶、祸害和痛苦；几乎不包括人类，除非作为一种匆匆过往的景象；它也不容纳任何既不十分纯正又不十分自私的感情——沉思和研究的那些亲昵的愉快。弥尔顿的心灵所坚持的是比这些更伟大和更优秀的东西，正如我们将要看到的：他崇高的精神，对事业的忠诚，以及对巨大牺牲的忍受。《欢乐颂》与《沉思颂》的主题归根结底，只是对他最敏感的快乐的追寻，而他最后的选择却是两者之中最寂寞和最孤独的一种——忧郁。

弥尔顿从他的欢乐的源泉中排除了爱情，这倒是稀奇的。这个 25 岁的年轻人已经把目光转向天空，几乎已梦想到一个隐居者的密室了。甚至于在《欢乐颂》里，也只有一处极为模糊地提到一位美人，住在附近"深深藏在稠密的丛林里"的城堡中。

也许贺顿已经熄灭了伦敦曾经使他燃起的热情，或者也许诗人有意地在这两首诗中使他自己限制在乡村的主题中。结论是：弥尔顿直到这时还没能在英国诗歌领域中自由发挥他的才华。

译后漫记

赵瑞蕻

　　在这里，呈献给读者的是 17 世纪英国伟大诗人约翰·弥尔顿早年的两首杰作，姐妹诗篇——《欢乐颂》与《沉思颂》的中文译本，并配以 19 世纪 50 年代英国著名画家勃克特·福斯特（Birket Foster）所作的精致美丽的钢版腐蚀插图 29 幅。原书每页都有插图一幅或两幅，译本保持了原版的风貌特色。

　　原诗的诗名都是意大利文，中文旧译作"快乐的人"和"沉思的人"（例如《中国大百科全书（外国文学）》有关弥尔顿的词条所载），按其原意，甚是。不过我却喜欢将其译为"欢乐颂"与"沉思颂"。

　　附录中两诗的全部注释主要依据英国剑桥大学出版的维里蒂编注的《弥尔顿诗选》，以及牛津大学《英诗金库》有关部分的注释；其中也有译者自己的加注和补充。凡此种种，均不一一指明了。

　　附录还收入两篇评论文章。一是维里蒂所写（见《弥尔顿诗选》），提供了一些对了解原诗有点用处的背景材料，同时也表达了他自己的某些见解。二是法国著名的文学家勒戈依和卡查米恩两位教授合著的《英国文学史》中有关《欢乐颂》与《沉思颂》的论述。此文篇幅虽短，但相当精彩，抓住了这两首诗的主题和艺术特色。特此译出，希望对我国读者会有所帮助。两篇的题目都是译者自己另拟的。

1937年秋，我在位于南岳衡山的国立长沙临时大学（即北大、清华、南开三所大学的战时联合组织，西南联大的前身）文学院外国语言文学系上学。读二年级时，原南开大学外文系主任柳无忌教授讲授"英国文学史"一课。他认真仔细的教学使我对英国文学从古到今发展的历史、代表作家及其代表作品有了初步的了解。我记得特别吸引我的是莎士比亚、弥尔顿以及浪漫派的诗人、作家们。当柳先生讲到弥尔顿时，弥尔顿早年的代表作，青春时期的两首绝唱——"L'Allegro"和"Il Penseroso"随即引起了我的注意，仿佛是灿烂的双星在我眼前闪现。我特别喜欢这两首诗题目的意大利文的读音。那是多么好听啊！——L'Allegro！——Il Penseroso！可惜那时兵荒马乱，流亡山中，图书奇缺，我未能读到原作，只是静听柳先生讲解，做些笔记罢了。后来，因日寇陷南京，铁蹄逼近武汉，学校再度西迁云南昆明。1938年春，联大文学院暂在蒙自开学。当时，三所大学的图书资料分批陆续运到（也有从香港新买来的），于是在蒙自也有了个文科阅览室。一天，我借到一本《英诗金库》的集子，便读了其中的《欢乐颂》与《沉思颂》，以及雪莱、济慈等的名篇。蒙自在昆明东南，是一个僻静而富有浪漫情味的山城。那里城外有一个南湖，有个菘岛，四周长满了尤加利树，各种奇花异卉；树上栖着一大群白色的鹭鸶，时不时地在蓝天上飞翔。那儿实在清幽迷人，师生常去散步。我们十几个爱好诗歌的同学于是便组织了一个"南湖诗社"（这是战时西南联大同学们所组织的最初的文艺团体），请闻一多先生和朱自清先生当我们的导师。两位老师时常鼓励我们努力学习，勤于写作，跟大家随意聊天；还对我们的习作提意见，总是那么恳切。在蒙自的三个多月中，我写了一些怀念风雨飘摇中的故乡和亲人的诗，也翻译了一点儿西方诗，其中就有弥尔顿的《欢乐颂》（那时我译为《愉快的人》）。我把几首诗和《愉快的人》都交给朱自清先生看看，请他指教，得到了赞许，这让我非常感动。先生要我继续学好外语，译些外国诗。他一再认为译诗对我国新诗的创作会起推动作用。今年适逢朱自清教授诞辰90周年，逝世40周年，在此顺便提及此事，以表达对老师的怀念和感激的深情。

古代拉丁诗人莫鲁斯（Maurus）有句著名的格言，叫作"Habent sua fata libelli"（书有命运）。这话说得很有意思，好极了，我对此颇有体会。1940年秋，杨宪益和戴乃迭（Gladys Yang）冒着海洋上纳粹炮舰、潜艇射击的风险，从英国回来，经过香港到达重庆，开始了在中央大学等处教书的生涯。1946年夏，抗战胜利第二年，我们带着两个孩子随校复员，坐船东下，在南京定居。接着宪益一家也到南京工作了。他们从英国带回几箱外文书籍，其中有好些西方文学名著。在此，还要提一下：他们的书从英国海运到香港时，正值日寇攻陷香港不久，书被没收，每本书都盖上"ヤン文库"（青年文库）的印章。后来不知如何又被"放行"，转运重庆，还给书主。我是个酷爱书的人，所以每次去看他们时，就翻翻他们摆满几个书架的书，非常欣赏那些他们在伦敦等地旧书店搜集到的古典名著珍贵的古老版本，有些都是初版本。后来，宪益和乃迭送给了我们一些我们欢喜的书，比如拜伦的《希永的囚徒》插图本、狄更斯的《董贝父子》(1848年初版插图本)、但丁《神曲》的意大利文版、塞万提斯《堂吉诃德》的西班牙文原作等。还有一本就是弥尔顿的《欢乐颂》与《沉思颂》插图本。这些可爱的书多少年来为我们所珍藏着。"文化大革命"风暴来临后不久，我们的藏书也遭殃了。中文系教师们上交的图书资料等，除了一部分后来被糟蹋、被抢光外，大部分被囚禁在中文系资料室里，贴上了封条。那些可怜的书籍静悄悄地躺在水泥地上，杂乱地堆积着，做着荒唐的噩梦，沉入末世浇漓的深渊里。我也无法猜想宪益送给我们的那几部珍贵书籍的命运，不知它们被埋在什么角落里了。直到1975年冬天，我们被告知书可以领回去了。当我请人帮忙用板车把书分几趟推回家时，我发现弥尔顿的集子等居然还在。多么庆幸它们的生还啊！可是许多书满是尘土，有的水渍斑斑，有的被蛀虫或耗子破坏得不成样子了。弥尔顿的这本算是最幸运的：完整无缺，里面的插图安然渡过了生死存亡的难关。当时我感到多么高兴！在此顺便说几句，以记其事。如今回想起来，如果宪益没有从英国带来这本书，或者他不送给我这本书，或者"文化大革命"中这本书失落了，被损坏了，或者早毁于日军战火……我根本不可能把它译成中文。这就是所谓"书有命运"吧。说实在的，这书中的插画首先使我萌发了翻译它的念头。在这里，我是应该首先感谢宪益和乃迭的。

在这篇《译后漫记》中，我想不必多介绍弥尔顿的生平事迹，谈论他伟大战斗的光辉一生，他文学创作上卓越的贡献，他在世界文学史上崇高的地位，等等，因为对于我国读书界，外国文学的教师和研究者，弥尔顿的名字是熟悉的。大家知道他是稀世鸿篇《失乐园》的作者；况且近年来《失乐园》已有朱维之先生和金发燊先生两种很好的新译本。他们都在正文前写了长篇引言，论述了弥尔顿生平及其创作，很值得我们去细读。在这里，我想只就两首诗本身谈点儿读后的感受，学习的心得。

《英诗金库》编选者帕尔格拉夫（Palgrave）曾经指出《欢乐颂》与《沉思颂》是"弥尔顿令人惊讶的力量的一个显著证明，是我们语言中最早的纯粹的描绘性抒情诗（the earliest pure descriptive lyrics in our language）；它们仍然是许多诗人们所曾尝试的这种风格中最优秀的"。他又说："第一首诗的意义是'欢乐；是大自然的骄子；第二首的意义则是'沉思；是悲哀和天性的女儿。"什么是"描绘性抒情诗"呢？我们细读弥尔顿这两首早期的作品，就会看到他完全是用描绘的艺术手段来刻画自然景色和生活场面，借以陪衬两种不同心灵境界的；特别着重乡村风物的描绘。可以这么说：大自然丰富多彩的风貌和生动形象的描绘是这两首诗的精华所在。试看下面这些诗行：

……

去谛听云雀开始翱翔鸣叫，
歌声惊破了呆滞的夜宵，
它在天空那高高的瞭望楼上悠鸣，
直到斑斓多彩的黎明飞升。

然后，为了排遣伤悲，
我走向我的窗扉，
透过野蔷薇，或者藤蔓，
或者金银花蔓，向晨光祝好；
······
我正面朝着东方的大门，
看雄伟的朝阳开始庄严地上升，
披着火焰，琥珀的亮光，
使云层穿上了千重多彩的衣裳。
······
　　当我举目环视周围的风景，
我的眼睛立即把新鲜的乐事收进：
在红褐的林中草地，已耕过的灰黄田地上，
细细地嚼着草的羊群在游荡；
在那荒瘠的山麓深处，
时常停留着孕满雨水的云雾；
牧场上装饰着五彩缤纷的雏菊花朵，
还有宽阔的河，清浅的小溪流过。
······

以上所引的《欢乐颂》里的诗句，纯然是以白描的手法来抒写的，倾注了诗人对于自然景象满腔的挚爱。在《沉思颂》里，虽然也用同样的手法，但情调不同，所描绘的对象不同，其中出现了"夜莺""月亮""晚钟""炉边的蟋蟀""午夜还点燃着的灯""静静的细雨""橡树的浓阴""天上的星辰"等形象。前者突出自然光辉的一面，后者则强调它深沉的一面。两首诗中这些景色风光的描写不是孤立的，都是为着突出"欢乐"和"沉思"（"忧郁"）的主题而着意刻画的。这些正好体现了弥尔顿的独创性（Originality），是英国文学自 14 世纪乔叟以来未曾有过的艺术新品种，所以帕尔格拉夫说它们是英国语言中"最早的纯粹的描绘性抒情诗"。

我每读弥尔顿这两首诗，就想起我国的辞赋、汉赋，尤其是六朝的抒情小赋乐。赋也就是诗的一种体裁，艺术的类型。通常我们说赋是直叙其事，铺陈排比，白描抒写，极力形容的；它"铺采摛文，体物写志"（刘勰《文心雕龙·诠赋》篇中语），在内容和形式上都有其特色，不是其他诗体所能替代的。赋体既可咏物抒情，亦可阐发哲理。魏晋六朝的辞赋创作，现存六百多篇，在题材内容和艺术风格方面都或多或少突破以前的赋体传统，优秀作品很多，是我国古典文学史上的一个宝库。六朝小赋佳作清新自然，具有高度的抒情性（lyricism）。因此我感到可以拿弥尔顿这两首诗跟六朝某些优秀的小赋做些比较研究。

我们看《欢乐颂》与《沉思颂》两诗，确具有"铺采摛文，体物写志"的性质。《文心雕龙·物色》篇中所说的"岁有其物，物有其容；情以物迁，辞以情发"也可借用来说明两首诗的创作特点。它们一写芳春，一写素秋；一写愉快，一写沉郁；一写乡村农民田间劳作，林中歌舞和城中热闹，骑士比武，贵妇顾盼青睐；一写塔楼寂寞，哲人思士，离群索居；一写戏剧扮演，一写潜心古籍，探索宇宙人生的奥秘；等等。当然其中也有些相互穿插的地方。总之，全诗仿佛是一架心灵的摄像机，把种种自然和生活的景象用一个个镜头拍摄下来。此外，诗篇中出现许多古希腊、罗马神话和中世纪的传说故事，有的是经过诗人自己改造或者赋以新意的。这也就是所谓引典用事，类比点化了。这同我国辞赋中往往引经据典、铺张扬厉的做法是颇为相似的。我们只要读读王粲的《登楼赋》、谢灵运的《山居赋》、鲍照的《芜城赋》、江淹的《别赋》和《恨赋》、庾信的《哀江南赋》和《小园赋》，便可以想见了。

弥尔顿，作为一个伟大的诗人、政治家和思想家，反封建礼教和宗教改革的战士，启蒙思想的先驱人物，在这两首诗里表达了他对生活积极的态度和深沉的爱恋，对人生诸世相透彻的思考；较早地显示了他人文主义的立场和观点。弥尔顿年轻时就浸淫于古希腊的哲学、文化艺术，同时又熟悉希伯来和基督教的传统。特别是他在贺顿，在他父亲乡间住宅中愉快度过的五年期间，他专心致志地攻读经典著作，研究多种学问，辛勤探索，更加坚定了他日后所走的反腐朽传统，争取自由、光明、捍卫人权的道路。所以写于这一时期的《欢乐颂》与《沉思颂》，就是他当时最美好的情思的最好记录。可以说是欧洲文艺复兴——那是个社会急剧变革、新旧观念激烈斗争着的动荡的伟大时代——的精神和启蒙思想的一种生动而深刻的体现。两首诗描绘的对象，歌颂的事物各有侧重，虽有所不同，但整个主题是一致的。

> 假如你能赐给我这些快事，
> 欢乐啊！我愿永远同你在一起。

> 忧郁啊！假如你能给我这些欢乐，
> 我便愿意同你一起生活。

两首诗这最后的两行，便是显著的说明了。西方文学史家称弥尔顿是"从旧世界通向新世界的光辉桥梁"，那么，应该说，《欢乐颂》与《沉思颂》便是这光辉桥梁上最初闪耀着灿烂亮光的双子星座了。关于这两首诗对于后世深远的影响，"附录"中第一篇维里蒂的文章最后一节已说得十分清楚。可以说，它们在主题、艺术手法等方面都给予后代许多英美诗人不同程度的启发，从而促使他们创作各自的诗篇，其中我感到济慈的几首诗，例如《啊，孤独！假如我必须与你同住》（"O Solitude！ If I Must with Thee Dwell"）、《幻想》（"Ode to Fancy"）和《忧郁颂》（"Ode on Melancholy"）等，就可以明显地听到弥尔顿清晰的声音的回响。总之，18世纪和19世纪的英国诗人们，特别是浪漫派们，在这姐妹诗篇中或多或少地汲取了灵感的清泉。现将济慈的《啊，孤独！假如我必须与你同住》这首十四行诗译出，以阐明英国后代诗人和弥尔顿的"血缘"关系：

啊，孤独！假如我必须与你同住，
　　可不要在那些杂乱堆积、
　　阴暗的房屋间；请跟我攀登峭壁——
大自然的瞭望台——从那儿，幽谷，
开花的山坡，河流透亮涨足，
　　仿佛是在方寸内；让我守望着你，
　　在掩映的枝叶中，那儿，蹦跳的鹿麋
会把狂蜂从指顶花盅里吓住。
虽然我乐意跟你探寻这些风景，
　　但与一颗天真的心（她的语言
　　体现了优美的思想）亲密交谈
是我灵魂的欢乐；而且我坚信
　　人类的至高无上的幸福感
便是当两种精神进入你的境界中。

作为一个译者和学习者，我感到还可以从这两首诗中寻觅另一些意蕴。它们不是会引起我们对世界和人生、生活的道路和态度以及审美观等方面进行一些思考吗？古今中外是否都存在着两种不同类型、不同气质、心境和倾向的人？正如我们在现实生活中所遇到和了解的那样，其中也包括我们自己。这就是"欢乐颂"和"沉思颂"。根据我自己粗浅的体会,我这两年中所写的每首只有八行的组诗 150 首《诗的随想录》(均先后发表于《香港文学》)中,有一首的题目就是《弥尔顿〈欢乐颂〉与〈沉思颂〉译后》,现抄录在此,或可作为这篇随意抒写的《译后漫记》的结束语吧:

> 我又完成了一件愉快的工作,
> 同弥尔顿炽热的心胸挨近了一步;
> 到处有"欢乐颂"和"沉思颂",
> 哪种类型能得到真正的幸福?
>
> 大千世界,云蒸霞蔚,人事沧桑,
> 你的心啊,在哪儿寻觅归宿?
> 哦,L'Allegro, Il Penseroso!——
> 你选择哪一条人生的旅途?

1988 年 8 月于南京大学中文系

代跋

杨苡

20 世纪 40 年代后期，我与赵瑞蕻——两个爱书之人，曾经断断续续地从家兄杨宪益那里得到一些英国原版好书，其中有好几本还是来自二三十年代牛津或剑桥制作的精装经典名著。

几百本中文书，包括我年轻时收藏的杂书，在 1966 年被那吓得战战兢兢的书的主人上交到中文系，自此不知去向；大部分英法德文原著却是劫后余生！在经过了史无前例的十年浩劫之后，书的主人把那一大堆覆盖着尘土、散发着霉味的外文旧书，一大捆一大捆从闲置了好几年的中文系书库湿漉漉的水泥地上捡起。当年幸亏是"洋书"，不知究竟，根本没有打开，这样便幸免于难，几十捆书便逃过被付诸一炬或撕碎的命运。也确实无人出于好奇心，敢打开取出几本浏览一遭。当这些书重新安置在我 20 世纪 50 年代设计的书架上时，我戏称它们是和我们一样的"幸存者"。

回溯抗战初期，1938 年，我们都在昆明西南联大。昆明是一座十分朴素美丽、四季如春的名城，我们的学校借了昆明近郊农校的房子。我们这些学生，多数归于平津流亡学生的行列，当然也有不少人是从南方或内地跋涉而来。学文科的青年学子正处在喜欢写诗的年龄。1938年9月28日日寇第一次轰炸昆明，有一颗炸弹恰恰落在联大附近翠湖一带，虽然推迟了开学的日期，但轰炸只能把"抗战必胜"的信念燃烧得更旺！联大学生不修边幅，夹着书本，一边啃着匆匆在出城路上买来的本地特产淡黄色胡萝卜，一边说说笑笑，纷纷走出城门，形成了一道抗战时期昆明近郊的风景。名为"跑警报"，却似乎是到郊外踏青寻诗。他们身旁不乏极有学问、诲人不倦的师长——一大批来自北方名牌大学的专家和诗人，在这里我就不必一一赘述他们的大名了。

年轻人结成一个个群体，给他们的"组织"起了动听的名字，在校园的壁报栏上贴满了各式各样的"成立启事""欢迎参加"等等。他们所编的大张"作品"也在壁报栏上展示，吸引了初来乍到的新生，我便是其中之一。我参加了"高原文学社"，认识了赵瑞蕻、查良铮（穆旦）、林蒲、陈三苏、向长清（向薏）等师兄师姐。他们写抒情诗、叙事诗、格律诗、自由体诗、散文诗乃至五七言律诗、外国民谣体歌谣以及十四行诗等等。外文系的学生迷上了吴宓老师教授的"欧洲文学史"、谢文通教授的"英诗选读"。诗人译诗自然得天独厚。数十年后我们那个"高原文学社"不乏中外诗歌的佼佼者，也产生了旷世奇才。

诗人赵瑞蕻虽非奇才，也是佼佼者之一。他在1940年毕业后一直从事教学，吃了一生的粉笔灰。课余之暇，也还练笔写诗并埋头译事。他是国内第一个把司汤达的名著《红与黑》

介绍给读者的人，可惜毕竟是业余译书，全书并未译完。弥尔顿这两首长诗该是他花了很多精力的译作。在动荡不定的日子里，在接二连三的运动夹缝中，在不停的必须改造世界观的吆喝与敲打下，诗人仍然没有放弃年轻时的初衷，一定要把这部印刷别致、配以精美版刻的诗集译成中文，原汁原味，保留原型，力求达到"信达雅"之后再把书交给读者。

感谢译林出版社社长章祖德先生。他推开市场经济的算盘，也未顾及当前读者早已无心涉猎于诗歌领域，鼎力相助，支持这两首名诗问世，大胆创新，用原书样式配以中文译诗，印出这部别具风格的诗集。

也感谢责任编辑赵薇女士。她花了不少宝贵时间翻弄这些"故纸堆"，捧出这一大沓发黄的稿件，拭去它表面的灰尘，让它重新熠熠发光。

赵瑞蕻如果还活着，已过九十高龄。这部书应该是送给他的一份厚重的寿礼。虽然他已离去七年之久，但我宁可相信所有默默离去的诗人自有灵魂。他们永远不知疲倦地在那个世界欢聚一堂、谈诗诵诗，因为那里远离尘寰，恬静安谧，没有衣食之忧、儿女之累、等级之惑，也没有白昼与黑夜之分。

2006 年春于南京

爸爸的欢乐与沉思

赵蘅

1988年8月，南京酷热，亲爱的爸爸写完了弥尔顿《欢乐颂与沉思颂》的《译后漫记》。可以想象最后落款时他是怎样的欢欣与满足啊！据他回忆，他早在1937年秋长沙临时大学柳无忌先生的英国文学史课上，就被这位17世纪英国诗人早期的绝唱深深吸引，"仿佛是灿烂的双星在我眼前闪现"。1938年在蒙自西南联大文学院，他尝试翻译的《愉快的人》得到了朱自清先生的赞扬。

根据编注《弥尔顿诗选》的维里蒂引言的论证，弥尔顿在创作诗剧《科摩斯》之前，1632年或1633年完成了这部姐妹篇《欢乐颂》与《沉思颂》，那么正是弥尔顿24岁到25岁的年纪。300年后，一位二十二三岁的中国青年赵瑞蕻在抗日战火中开始了翻译西方经典名著的漫长跋涉。

20世纪80年代，我们都有共识，那是一个春天复苏，终于可以抒发诗情，发挥才干，百花争艳的时代。1988年，爸爸已迈入古稀，不减天真浪漫，七年后他写下《八十放歌》。

将意大利文书名《快乐的人》和《沉思的人》定名为《欢乐颂》和《沉思颂》，这是爸爸苦思冥想后的创造。

爸爸走后，妈妈一直惦记着把他想出没出成的书出版。她知道爸爸最在乎这些。为了完成这个心愿，妈妈甚至说不要稿费也没关系，只要能出版就行。2006年的某天恰逢我在南京逗留，妈妈嘱托我亲自把爸爸的遗稿送到译林出版社社长章祖德先生手中。那是我第一次触摸这本精美绝伦的著作。

现在距离妈妈为本书写的"代跋"，也过去15年了。

此次再版前赵薇的突然约稿，让我受宠若惊。一方面我非常愿意为逝世22周年的爸爸做点什么，另一方面我自知文化水平，尤其是外语不行，很难胜任此重任，连妈妈对此事都有质疑。我曾另请高明代劳，只可惜专家太自谦，谢绝了。

看样子我只能发挥笨鸟先飞的精神，迎难而上，靠自己硬着头皮去啃书本了。数月来，我在忙乱中寻找一片净土，一遍不懂再看一遍，等于给自己办了一个临时抱佛脚的攻读班。我坐在自家小屋的落地灯下，一切都静下来，没有杂音，只有书页被轻轻翻动的声响。这是我最幸福的时刻，仿佛慈爱的爸爸就在身旁，陪着我，低声对我讲述弥尔顿久远的传说……

我终于一点点领悟并进入诗人的角色环境。在那个白金汉郡的贺顿乡间，一个从剑桥大学出来、崇尚自然、热爱自由的青年诗人，被眼前这些有山有水、视野开阔的美丽景色给迷住，全身心地投入其中。你瞧，幽暗的夜幕退去，"云雀开始翱翔鸣叫""黎明飞升"。这是一个初夏的清晨，缀满露珠，花卉开放，优雅、光明、欢欣女神来了。在割草、堆草、挤奶、打麦等劳作之余的假日，村里村外的居民、牧羊人、"年轻的和年老的"一起欢乐、载舞、游戏。山楂树下、山谷深处，他们一起讲故事，一起说笑打趣，妙语成串，"消磨了长长的白昼"。世间最美好之事，莫过于"欢乐啊！我愿永远同你在一起"。

然而诗人笔锋一转，拟人化的"愚蠢"生出了"狂欢"。他陷入沉思的另一境地。希腊神话的众神，荷马史诗、希腊悲剧里的角色，在广阔的泰晤士河不远的乡间纷纷出现，爸爸的译笔跟着诗人的歌吟天马行空，"领悟一切"的老年经验，像"预言的诗篇"。在这里，忧郁变得神圣、崇高、智慧，流动黑色胆汁的忧郁女神最终成了最值得赞美的主角。

对于诗集里引用的林林总总的人物和桥段，不具备古希腊罗马历史知识和英国民俗的基本常识是不行的。曾在中学自修大学语文，成绩尚好的我，眼下已步入老年，变得健忘。幸亏有爸爸详尽的注释，《欢乐颂》和《沉思颂》各40条。弥尔顿的诗篇隔几行就冒出生僻的名称，他偏好引用古希腊神话，显示他的博学。但这也难不倒治学严谨的爸爸，他有积累一生的学问储备，不厌其烦一一加以注释，甚至触类旁通，扩充知识，馈赠给读者。现在等于是给他的小女儿雪中送炭了！

我读书、补课，写作的过程就是学习的过程。

为了更好地理解诗人的风格和审美，我特意找到1982年黑龙江出版社出版的华宇清先生编撰的外国历代著名短诗文集《金果小枝》。华先生在后记中特别提到"南京大学赵瑞蕻教授不仅大力支持，而且还特为本书题名为《金果小枝》"。我想爸爸这样上心，除了本书中有他喜爱的诗人的众多诗篇之外，一定也因为收入弥尔顿的五首短诗。从这些短诗中我进一步了解被称为17世纪英国最伟大的诗人的青春心声，以及步入中年的伤痛。丧偶、失明、入狱，"白昼又带回我的黑夜"。

爸爸这一生最大的欢乐来源于他挚爱的文学，并为此奋斗毕生。

爸爸晚年写了《诗的随想录》，坦言自己"同弥尔顿炽热的心胸挨近了一步"。诗人一定是热情的，如火焰在胸中燃烧；诗人一定是真实的，如水晶般纯洁。爸爸迷恋弥尔顿并非偶然。他同样热爱山水，激情，冲动，拥有诗人气质和孩童般的天真。他不止一次赞扬中国南北朝山水诗人谢灵运，曾写下诗论《诗歌与浪漫主义》，这是他一生沉思的硕果。

我从小看惯了爸爸的用功，他留给我最深的印象是书桌前的坐姿，春夏秋冬，孜孜不倦，如同一尊永恒的雕像。1998年冬，他不顾严重的心脏疾病，为纪念雪莱（Shelley）《西风颂》问世180周年，写下一万多字的长文，这严重损害了他的健康。此时离他谢世只有两个月了。

不久前，帮助录入家书的小友华丽意外发现了湖南人民出版社的责编杨德豫先生致爸爸的两封信，恰好都是关于出版弥尔顿《欢乐颂与沉思颂》的，这让我惊喜不已。时隔三十余载，仍可见当年编者和作者之间尊重又亲密的关系，他们像共同迎接一个婴孩诞生似的兴奋而忐忑，期待付梓的那一刻。

我将这两封信抄录如下：

瑞蕖同志：

十月三十日，手示敬悉。您的热情鼓励使我深为感激，也深感惶愧。

在上海所出《春天最初的微笑》中读了您译的几首济慈的诗，气派，神韵，风格和明丽的语言都极似济慈原作，甚佩甚佩！从您所写的后记中，也学到了不少有益的知识。

《欢乐颂与沉思颂》倘能在年底交稿，我们十分欢迎。但敝社明年出书计划早已制订，恐已难于补入，大概只能列入后年的出书计划了。杨苡同志所译 Blake 诗选，估计会在明年出书吧。这些情况由夏敬文同志掌握，我不太了解。Milton 原书插图也在老夏处，他当然会妥善保存的，尚请释念。您写给老夏的信，我已转交给他。

贵校学报主任车济贵同志是我高中同班同学，半年前他曾来长沙，我曾向他问到您和杨苡同志的近况。

敬祝

冬安！

后学　杨德豫谨上

1985.11.16

瑞蕖前辈先生赐鉴：

5月20日惠函暨《欢乐颂与沉思颂》译稿打字本均已收到。因敝社大搬家（从原址搬到湘江西岸新办公楼），忙乱了一段时间，我近来又连续患病，故未能及时作复，深以为歉！

敝社现已开始填写明（88）年度"选题申报表"。我已将尊稿列入，并已填写该表。估计要到秋、冬才能大致定下来……

　　　　　端此，敬颂

　　　　　撰祺！

　　　　　后学 杨德豫谨上

　　　　　1987.6.12

现在爸爸的梦想成真，他可以安息了。

　　写于父亲逝世22周年，2021年8月于北京

图书在版编目（CIP）数据

欢乐颂与沉思颂 ／（英）约翰·弥尔顿
(John Milton) 著；赵瑞蕻译 . —南京：译林出版社，
2023.1
　　ISBN 978-7-5447-8999-8

　　Ⅰ . ①欢 … Ⅱ . ①约 … ②赵 … Ⅲ . ①诗集－英国－
近代　Ⅳ . ① I561.24

中国版本图书馆 CIP 数据核字（2021）第 260822 号

欢乐颂与沉思颂 [英国] 约翰·弥尔顿 ／ 著　赵瑞蕻 ／ 译

责任编辑　　赵　薇
编辑助理　　崔　然
装帧设计　　生生书房
美编助理　　赵冰波
校　　对　　王　敏　戴小娥
责任印制　　颜　亮

原文出版　　W. Kent & Co.
出版发行　　译林出版社
地　　址　　南京市湖南路 1 号 A 楼
邮　　箱　　yilin@yilin.com
网　　址　　www.yilin.com
市场热线　　025-86633278
排　　版　　南京新华丰制版有限公司
印　　刷　　中华商务联合印刷（广东）有限公司
开　　本　　787 毫米 ×1092 毫米　1/32
印　　张　　3.75
插　　页　　4
版　　次　　2023 年 1 月第 1 版
印　　次　　2023 年 1 月第 1 次印刷
书　　号　　ISBN 978-7-5447-8999-8
定　　价　　79.00 元